AF211464

Anmerkung der Autorin

Dieses Buch basiert auf Erzählungen meiner Mutter und meinen Erinnerungen. Übergänge und Ausschmückungen entsprangen meiner Phantasie. Alle Fotos sind aus Privatbesitz.

Danken möchte ich meinen Cousinen Ursula Ahlers aus Wattenscheid und Gisela Olbert aus Dresden für die Überlassung einiger Fotos, den Cousinen meiner Mutter Grete Belz und Frida Klein aus Leverkusen und dem Ehepaar Rita und Richard Poschmann aus Bergisch Gladbach für die Unterstützung bei der Recherche sowie meiner Schwiegertochter Britta Schmitz und ihrem Vater Rainer Delfs für die Anregungen und die Motivation.

Herstellung und Verlag:
Books on Demand GmbH, Norderstedt
ISBN: 978-3-8370-3866-8

In Erinnerung an meine Mutter;
in Liebe, Dankbarkeit und Hochachtung!

Karte von Ostpreußen – Stand 1937

Vorwort

Nach dem Tode meiner Mutter,

geboren am 18.3.1905 in Eydtkuhnen/Ostpreußen
gestorben am 26.4.1985 in Güstrow/Mecklenburg
Urnenbeisetzung am 8.6.1985 in Eisenach/Thüringen

sie hatte gerade ihr 80. Lebensjahr vollendet, reifte in mir der Entschluss, ihren nicht alltäglichen, bemerkenswerten Lebensweg festzuhalten.

Damals glaubte ich, nur dadurch mit dem schmerzlichen Verlust fertig zu werden.

Mich plagten auch Gewissensbisse:

Hattest du ihr eigentlich deine Liebe und Dankbarkeit genug gezeigt?

War es richtig gewesen, ihrem Wunsche entsprechend, bei der Trauerfeier in Güstrow nicht am Sarg gestanden zu haben?

War die Urnenbeisetzung in Eisenach für mich deshalb so schmerzvoll, weil kein Abschied richtig vollzogen war?

Diese Gedanken kamen und gingen, ich war ruhelos.

Dann kamen mein 50. Geburtstag und das gleichzeitige Fest der Silberhochzeit, welches wir mit vielen Gästen in meiner seit 1956 neu gefundenen Heimat in Bergisch Gladbach, Stadtteil Refrath, feiern wollten.

Dieser Tag, der 9. Mai 1987, war ein Bilderbuchtag. Sonnig und fast zu warm; wirklich der einzige Tag bis Mitte Mai, wie man ihn sich wünscht.

An diesem Tag wurde ich das Gefühl nicht los, dieses herrliche Wetter hatte ich ihr zu verdanken. Im Himmel war sie sicher, nur bei wem hatte sie vorgesprochen? Egal, wie auch immer. Es war ihr Geschenk an mich, meinen Mann, meine beiden Söhne und an die vielen lieben Gäste.

So war sie!!!

Nun stehe ich kurz vor Vollendung meines 70. Lebensjahres.

Ich habe in der Zwischenzeit viel recherchiert, Erinnerungen vertieft, geschichtliche Ereignisse aufgefrischt, zu der aus den Augen verlorenen Verwandtschaft väterlicherseits Kontakt aufgenommen, um Lücken schließen zu können. Die mir bekannten Ereignisse in ihrem Leben in der Zeit von 1905 bis 1945 sind nun zu Papier gebracht. Ich fühle mich erleichtert.

Ob sie mir weiter gut gesonnen ist und von oben meinem Treiben zuschaut, wird sich am 9. Mai 2007 zeigen. Ich rechne mit einem nochmaligen Vorsprechen bei Petrus.

Was ihren und meinen Geburtsort Eydtkuhnen angeht, so wurde diese Stadt beim Einmarsch der Russen platt gewalzt. Nur wild wachsendes Grün und einige wenige Häuser lassen das ehemalige Städtchen erahnen.

Wo lag Eydtkuhnen?

Eydtkuhnen gehörte bis 1945 zu Ostpreußen und bildete die östlichste Stadt an der damaligen Reichsgrenze nach Litauen. Der russische Nachbarort hieß Wirballen.

Die Ostbahn, deren letzte Strecke Stallupönen-Eydtkuhnen am 15. August 1860 fertiggestellt wurde, ließ den Ort Eydtkuhnen entstehen. Im Jahre 1860 gab es dort nur den neu erbauten Bahnhof mit Nebengebäuden und zwei Häusern. 1868 hatte Eydtkuhnen bereits 2.000 Einwohner, 1912 lebten 5.540 Menschen dort. Speditions- und Grenzhandel ließen den Ort aufblühen.

Der rege Schmuggelhandel machte die Errichtung eines Hauptzollamtes nötig. Die Eisenbahnstrecke, die zweigleisig war, erforderte eine Eisenbahnwerkstätte, die im Laufe der Jahre immer bedeutender wurde und Arbeitsplätze schaffte. Es entstand in Eydtkuhnen, dem letzten Ort vor der russischen Grenze, ein reges Leben und Treiben. 1912 sprach man von einem »großartigen Bahnhofsverkehr«. Der Ort Eydtkuhnen zog sich zu beiden Seiten einer Hauptstraße von etwa drei Kilometern hin.

1912 fehlte dem Ort noch das Stadtrecht, obwohl es schon ein stadtähnliches Bild gab. Die Kirche nach den Entwürfen von Friedrich Adler im romanischen Stil erbaut, am 10.11.1889 eingeweiht, bildete mit ihren zwei weithin sichtbaren Türmen den

2

Kern des Ortes.

Wie schon erwähnt, lag Eydtkuhnen zwar am äußersten Ende des damaligen Deutschen Reiches, jedoch verbunden durch die Eisenbahn-Hauptlinie Berlin-Königsberg-Eydtkuhnen nicht am Ende der Welt!

Diese Eisenbahnstrecke war eine Transitlinie erster Ordnung. Die Hauptleistung der ostdeutschen Bahnen, die technisch auf dem neuesten Stand waren, lag im Güterverkehr. Vor dem Zweiten Weltkrieg waren sie vor allem für den internationalen Verkehr von größter Wichtigkeit.

Eydtkuhnen gehörte zum Regierungsbezirk Gumbinnen, Kreisstadt war Stallupönen, das ab 1939 Ebenrode hieß.

Nun noch eine Anmerkung zu den Entfernungen: Eine der Haupteisenbahnlinien, Königsberg-Tapia-Insterburg-Gumbinnen-Ebenrode-Eydtkuhnen, hatte 153 Kilometer zu überwinden. Die Reichsbahnstrecke Berlin-Königsberg-Eydtkuhnen betrug 1.000 Kilometer.

Anna-Maria wird geboren

Das freudige Ereignis für die Familie Dietrich geschah im Jahre 1905. Es war ein sonniger Vorfrühlingstag, als ein kleines weibliches Etwas – 3.500 Gramm schwer und nicht gerade als hübsch zu bezeichnen - das Licht der Welt erblickte. Meine Mutter wurde geboren. Im Geburtsregister wurde eingetragen:

Anna-Maria Dietrich geb. am 18. März 1905 in Eydtkuhnen/Ostpr. Kr. Ebenrode als Tochter des Mathes Dietrich und der Marie, geb. Kuschinski, beide ev.

Für die glückliche Mutter im Wochenbett, gerade 22 Jahre alt, war es das zweite Kind. Einen Stammhalter mit Namen Otto-Mathes im Alter von eindreiviertel Jahren gab es schon. Dem Vater, einem Beamten bei der damaligen Reichsbahn, stand die Freude über die Geburt einer gesunden Tochter im Gesicht geschrieben. Außerdem verband ihn mit dieser seiner Tochter schon jetzt etwas Besonderes, denn am Tage der Geburt feierte er seinen 28. Geburtstag.

Man kann sich vorstellen, dass dieser Familien-Doppelgeburtstag im Jahre 1905 und in den folgenden Jahren ausgiebig gefeiert wurde.

Das Feiern verstand man in Ostpreußen. Die Verwandtschaft war groß, viele wohnten in der näheren Umgebung. Man freute sich auf jeden Anlass des Zusammentreffens. Zum einen wegen der willkommenen Abwechslung, zum anderen schätzte man ein gutes Mahl, was »notgedrungen« das Nachspülen mit mehreren klaren Schnäpsen erforderlich und die Stimmung vergnüglich machte. Ich darf gar nicht an die vielen Gänse denken, die dafür ihr Leben lassen mussten. Auch die heute gefürchteten erhöhten Cholesterinwerte forderten sicher damals ihren Tribut. Man wusste nur nicht viel davon. Man wusste überhaupt nicht viel, was in der Welt geschah. Aktuelles Geschehen kam immer mit Verspätung an.

Man lebte am östlichsten Punkt des Deutschen Reiches, in der Provinz. Jedoch in einer herrlichen Gegend voll unberührter Natur. Kontinental-Klima sorgte für Luft zum Durchatmen. Meine Mutter erzählte mir oft, wie beeindruckend die Wechsel der Jahreszeiten waren, und immer seien sie anders gewesen. Ganz besonders liebte man den Sommer, der zwar hier kürzer, aber umso intensiver war.

Das Kurische Haff mit seiner einzigartigen Nehrung lag zwar nicht vor der Haustüre, dennoch bildete das Baden in der Ostsee das Hauptvergnügen im Sommer. Zwar nicht mehr mit ganz verhüllten Körpern, jedoch auch nicht oben ohne.

Man überwand die Entfernung von Eydtkuhnen bis zum Kurischen Haff, die etwa 100 Kilometer betrug, mit der Reichsbahn, hatte man doch durch die Anstellung des Vaters Freifahrt.

Wie nicht anders zu erwarten, vergrößerte sich die Familie Dietrich auf insgesamt sieben Personen. Nach Otto-Mathes und Anna-Maria traten noch Willi, Emma und Frida - das fehlende E ist kein Druckfehler - ins Leben.

Eydtkuhnen 1915, Anna-Maria (zweite von rechts) mit Eltern und Geschwistern

Ganz schön happig für nur einen Verdiener, würde man heute sagen. Dem war damals nicht so. Der Vater als Beamter war in einer gesicherten Stellung, die Mutter zu Hause, sie gab die nötige Nestwärme.

Und da gab es noch die Großeltern mütterlicherseits. In Kinderweitschen, nicht weit von Eydtkau entfernt, hatten sie ein kleines Anwesen von etwa 35 Morgen. Regelmäßige Besuche dorthin waren selbstverständlich und wurden von Anna-Maria und den Geschwistern immer mit der größten Freude aufgenommen. Man ging zu Fuß und bewältigte die etwa 4 Kilometer in ein bis eineinhalb Stunden.

Fast gerade verlief die Dorfstraße von Eydtkau nach Kinderweitschen. Festgetretener Erdboden, kleine Wälle rechts und links des Weges und Weiden, die Schatten spendeten, machten die Wanderung auf dieser Straße zu einem Spaziergang. Oft wurden die herunterhängenden Weidenzweige zusammengeknüpft und mit Unterstützung der Eltern als Kinderschaukel genutzt.

Kinderweitschen, ein kleines Dorf mit etwa 10 gepflegten Bauernhäusern und einem idyllischen Friedhof war für Anna-Maria das Paradies schlechthin. Man sah die Oma auf ihrer weißen Bank an der Hauswand erwartungsvoll sitzen. Im Sommer versank sie förmlich in den üppig blühenden Stockrosen. Die Levkojen brachten weitere Farbe in den Vorgarten.

Nach einer herzlichen Begrüßung ging es direkt in die gute Stube, und die Großmutter bewirtete ihre kleinen und großen Gäste mit viel Liebe und Geduld. Im Sommer gab es frisches Gemüse aus dem Garten, im Winter Eingewecktes. Federvieh verschiedener Art tummelte sich zur Freude der Kinder um das Haus herum.

Die Großmutter verschwieg den fragenden Enkelkindern diskret, wo nach einer gewissen Zeit das eine oder andere lieb gewordene Tierchen verblieben war. Hätte man sonst so vergnügt und mit gesundem Appetit die knusprigen Hähnchen verspeist?

Außerdem gab es dort auch einen Hund, mit dem man so herrlich herumtollen konnte und natürlich auch zwei Pferde. Diese waren Opas ganzer Stolz.

Kinderweitschen 1917, Großvater

Dem Opa brachte man aufgrund seiner Statur Respekt entgegen. Auf ihn komme ich gleich noch zu sprechen.

Nach den Schilderungen meiner Mutter wurde die Oma besonders geliebt. Mir war es vergönnt, in den sechziger Jahren mit einer Tante meiner Mutter in Leverkusen-Küppersteg zusammenzutreffen. Sie war 1907 im Alter von 20 Jahren, jung verheiratet, von Kinderweitschen ins Rheinland ausgewandert. In Leverkusen hatte sie ihre neue Heimat gefunden. Wenn man sie sah, dann hatte man die Oma aus Kinderweitschen vor Augen.

Leverkusen, Tante Auguste und Mann

Eine ruhige, gütige Frau. Die graublauen Augen zeigten auch in hohem Alter viel Interesse an allem Geschehen. Die Haare zu einem Bubikopf geschnitten und nach hinten gekämmt und fast immer dunkel gekleidet. Man erzählte mir, dass die fünfköpfige Familie 1917 für ein Jahr nach Kinderweitschen gereist sei, um der Hungersnot im Rheinland während des Ersten Weltkrieges zu entgehen.

Leverkusen 1915
Tante Auguste mit Kindern

Kinderweidschen 1917
Großeltern mit Tante Auguste und Kindern

Die Reise mit dem Zug von Leverkusen über Berlin-Königsberg nach Eydtkuhnen dauerte damals zwei Tage, da man sich aus Sparsamkeitsgründen nur einen Bummelzug leistete.

Doch nun zurück zu dem Opa in Kinderweitschen, ein großer, kräftiger Mann, dunkelhaarig, schwarze Augen, mit einem schwarzen, wuscheligen Bart. Auf den ersten Blick eine unheimliche Gestalt. Sein gelernter Beruf war Kämmerer, doch hauptsächlich war er in Sachen Tierarzt unterwegs.

Obwohl er sich diese Fertigung nur angeeignet hatte, war er weit über den Raum Eydtkuhnens hinaus gefragt. Oft war er tage- und nächtelang unterwegs. Nicht selten kam es vor, dass er nachts aus dem Schlaf geholt wurde.

Interessantes, Neuigkeiten und auch Klatsch und Tratsch wusste er bei seiner Rückkehr zu berichten. Dieses ersetzte die fehlende Zeitung für den Regionalbereich und auch das noch nicht vorhandene Radio. Alles wurde von den Zuhörern förmlich verschlungen.

Ausgequetscht nach Neuigkeiten wurde auch der Briefträger. Einmal in der Woche erreichte er Kinderweitschen. Die Großmutter nahm dann ihren Lieblingsplatz auf der Bank am Kachelofen ein, und los ging die Fragerei.

Ergab es sich, dass an solch einem Tage Anna-Maria zugegen war, dann wich sie nicht von der Seite der Großmutter. Es faszinierten sie solche Gespräche, obwohl sie noch nicht viel verstehen konnte.

Ich denke, es ist nicht verwunderlich, dass man sich in diesem Hause gerne und oft traf. Zeit hatte man mehr als genug. Den Ausspruch »Zeit ist Geld« kannte man jedenfalls dort in den Jahren um 1910 noch nicht. Die älteren Generationen tauschten Gedanken aus, die Jugend tobte unbeaufsichtigt, sei es im Freien oder in den Räumen des Hauses. Jeder von ihnen musste je nach Temperament und Veranlagung etwas dazu beitragen, dass das Beisammensein gelang. Es wurde in den meisten Fällen sogar kreativ. Langeweile gab es nicht.

Traf es sich, dass man mit Cousinen oder Cousins zusammenkam, dann wurde Theater gespielt. Die Kleinsten mussten Zuschauer sein, ob sie wollten oder nicht.

An ganz heißen Tagen im Sommer ersetzte die Lepohne, ein kleiner Grenzfluss, die Badeanstalt. Ganz schnell entledigte man sich aller Kleidungsstücke und hüpfte in das kristallklare Wasser.

Der romantische Dorfteich, der Poggenteich, war ein beliebter Treffpunkt. Hier konnte man nicht nur Frösche quaken hören, sondern man sah sie auch in einer besonders großen Zahl. Im Winter diente dieser Teich, der immer vom Oktober bis März nächsten Jahres zugefroren war, dem Eisrutschen und Eislaufen. Schlittschuhe waren ein Fremdwort zu dieser Zeit in Kinderweitschen. Man lief mit Blogschen, einem Gebilde aus Holz.

Eigentlich hätten Anna-Maria und ihre Geschwister in dieser Idylle ohne Schaden erwachsen werden können. Man bewohnte in Eydtkuhnen eine geräumige Wohnung, der Vater brachte das nötige Kleingeld nach Hause und die Mutter war immer zur Stelle.

Doch die Neugierde wuchs mit dem Wissen, und dieses wurde dort auch vermittelt. Man kam mit sechs Jahren in die Schule, die im Ort lag und bequem zu Fuß zu erreichen war. Es war ein ansehnliches graues Gebäude mit vielen großen Fenstern. Hier fanden alle schulpflichtigen Kinder ihren Platz.

Für Anna-Maria beginnt der Ernst des Lebens

Im Jahre 1911 hielt Anna-Maria überglücklich und stolz eine große Tüte mit vielen süßen Schleckereien im Arm. Wie so viele Kinder freute sie sich auf den ersten Tag in der Schule.

Je näher jedoch der Abmarsch von zu Hause rückte, stellte sich auch bei ihr ein etwas befangenes Gefühl ein. Hatte sie doch einen Bruder, der seine ganze einjährige Schulerfahrung gern zum Besten gab. Von Gehorsam war die Rede. Von Fleiß und Noten sprach er, was sie nachvollziehen konnte. Nur die Geschichten über den Rohrstock, den jeder Lehrer auf seinem Pult liegen hätte, lösten ein Magendrücken aus. Wird er diesen gefürchteten Stock schon am ersten Tag sausen lassen? Er ließ ihn nicht.

In der Obhut der Eltern wurde dieser erste Tag ein freudiges Ereignis. Weiteren Schultagen fieberte sie entgegen, es gab in der Folgezeit keine Probleme, sie war folgsam, fleißig und wurde eine sehr gute Schülerin. Ihr Vater konnte rundum zufrieden sein mit der Tochter, wäre da nicht eine zu große Neugierde gewesen, die oft Tadel erforderlich machte. Sie schnappte alles auf, löcherte die Erwachsenen mit unendlichen Fragen, die dann genervt mit dem Satz:»Das verstehst du noch nicht, Anna-Maria!« das Weite suchten.

Im Jahre ihrer Einschulung verstand sie wirklich nicht, warum man sich über einen Mann namens Hindenburg unterhielt. Man erzählte, er habe seinen Abschied genommen. Na und, dachte sie, jeder muss beim Auseinandergehen Auf Wiedersehen sagen.

Überhaupt taten die Erwachsenen in jenen Monaten oft so geheimnisvoll. Sie sprachen von Politik, wie Anna-Maria erfuhr. Was war Politik?

Spätestens 1914, als der Erste Weltkrieg ausbrach und sie die

Schrecken und Verwüstungen dieses Krieges mitbekam, dachte sie: »Das muss etwas mit Politik zu tun haben.« Fortan brachte sie Politik mit Schrecken in Verbindung.

Erst als Anna-Maria bereits im Beruf war, sprach sie mit ihrem Vater über die damaligen Ereignisse und ihre eigenen Fantasien und Vorstellungen dazu. Er gab zu, dass man bei den damaligen geheimnisvollen Gesprächen wohl von den russischen Machteinflüssen im fernen Osten gewusst hätte, war man doch dem russischen Reich sehr nahe. Man hätte auch mitbekommen, dass das Zarenreich sich stärker nach Europa orientiere, sich mit Serbien und Montenegro verbündete. Man hörte von der Vielvölkermonarchie Österreich-Ungarn und dem Kaiser Franz Joseph I. Doch schenkte man diesen Vorgängen kaum Beachtung, man fühlte sich aufgrund der wirtschaftlichen Aufwärtsentwicklung sicher. Selbst das Attentat am 28.6.1914 auf den österreich-ungarischen Thronfolger Erzherzog Franz Ferdinand in Sarajewo löste zwar Bestürzung und Empörung aus, man erwartete jedoch keine ernste Krise, und schon gar nicht war von Krieg die Rede.

Dann kam der 28. Juli 1914. Ein strahlend schöner Sommertag - Ferienzeit. Anna-Maria und ihre Geschwister, inzwischen gehörte auch ihr Bruder Willi zu den Schulpflichtigen, genossen den Urlaub von der Schulbank. Alles war friedlich. Doch plötzlich, es war, als wenn eine Stadt aus dem Dornröschenschlaf aufwacht, erreichte auch Eydtkuhnen die Meldung: »Österreich hat Russland den Krieg erklärt.«

Die Neuigkeit verbreitete sich wie ein Lauffeuer, und man sah auf den Gesichtern der Erwachsenen förmlich die Angst. Es war bedrückend. Anna-Marias Vater war ganz schweigsam. Ahnte er das Geschehen vom 1. August 1914 - »Deutsche Kriegserklärung an Russland« - schon?

Anna-Maria erlebte mit ihren gut neun Jahren die fürchterlichen Schrecken eines Krieges. Ihr unbeschwertes Kinderleben wurde zum ersten Mal mit Tod, Angst, Sorge und Unsicherheit konfrontiert. Sie erlebte den russischen Einmarsch in ihre Heimat und die Besatzung durch russische Truppen ihres Heimatortes Eydtkau. Sie erfuhr, dass auch die Städte Tilsit, Insterburg,

Gumbinnen und weitere Gegenden besetzt wurden.

Es war alles plötzlich ganz anders. Hunderttausende von Flüchtlingen strömten gen Westen. Ihre Eltern und Großeltern blieben jedoch in der Heimat und überstanden die Wirren des Ersten Weltkrieges ohne großen materiellen Schaden.

Großer Jubel herrschte im Hause Dietrich, als man hörte, dass Feldmarschall von Hindenburg bei der Schlacht von Tannenberg, die ja als einzige Kesselschlacht in die Geschichte einging, als Sieger hervorging.

Anna-Maria erinnerte sich an diesen Namen. Komisch, dachte sie, hatte der sich nicht vor einigen Jahren für immer verabschiedet? Dieses hatte sicher wieder etwas mit Politik zu tun, ging ihr durch den Kopf.

In Eydtkuhnen wurde es wieder ruhiger. Man hörte jedoch, dass Südostpreußen im Winter 1914/15 weitgehend verwüstet und besetzt wurde. Als dann durch die Winterschlacht in Masuren (7. bis 21. Februar 1915) Ostpreußen endgültig befreit wurde, trat Erleichterung ein.

Ganz schnell wollte man diesen Spuk vergessen. Die weit vorrückende Front ließ den Gedanken an eine weitere Gefährdung von Osten her verschwinden. Der normale Alltag hielt wieder Einzug. Die Kinder gingen wieder zur Schule, der Vater wieder regelmäßig seiner Arbeit nach.

Anna-Maria schnappte neue Begriffe wie Ostpreußenhilfe und Patenschaft auf. Auch hier war es wieder der Vater, der ihr erklärte, dass mit dem Wiederaufbau der mehr oder weniger zerstörten Ortschaften bereits begonnen wurde, wobei westdeutsche Städte Hilfe leisteten. Die Ostprovinzen rückten ins Licht der deutschen Öffentlichkeit.

Hörte sich ja alles ganz gut an. Nicht gut hörte sich jedoch an, dass der Krieg in anderen Teilen Deutschlands wütete und furchtbares Unheil anrichtete.

Im Hause Dietrich wurde gerade in diesen Jahren viel politisiert. Es gab Gesprächsstoff genug, auch war man für diese Dinge sensibler geworden. Das Inkrafttreten des Versailler Vertrages, der viele Gebiete Westpreußens, ostpreußische Provinzen, pommersche Gebiete, soweit sie nicht schon in polnischer Hand waren, Polen zuordnete, löste Unruhe aus. Man erwähnte Danzig, die als Stadt in deutscher Hand blieb und eine Enklave bildete.

Volksabstimmungen über die künftige Staatszugehörigkeit in den übrigen Gebieten zogen sich bis in das Jahr 1924 hinein. Das sogenannte Memelgebiet, also den nördlich des Flusses Memel liegenden Teil Ostpreußens mit der Stadt Memel, trennte man von Deutschland ab und unterstellte ihn internationaler Kontrolle. Man kam damit Litauen entgegen.

Eydtkuhnen gehörte weiterhin zum Deutschen Reich, allerdings nach Festsetzung der erweiterten polnischen Grenzen nur durch den sogenannten Korridor zu erreichen. Die schon einmal erwähnte Leverkusener Verwandtschaft erzählte mir, dass während der Fahrt durch den Korridor - polnisches Gebiet - eine beängstigende Ruhe in den Abteilen der Reichsbahn herrschte. Alle Abteilfenster mussten verdunkelt werden, und nach den üblichen Grenzkontrollen atmete man erleichtert auf. Man war jedes Mal froh, wenn man wieder deutschen Boden unter den Füßen spürte.

Anna-Maria wird flügge

Wir schreiben das Jahr 1919. Im Hause Dietrich wurde wieder einmal der Doppelgeburtstag gefeiert. Der richtige Anlass, für den Vater in Anwesenheit der gesamten Verwandtschaft Folgendes zu verkünden:»Liebe Anna, du siehst nun dem Ende deiner achtjährigen Schulzeit entgegen. Stolze vierzehn Jahre bist du heute geworden. In der Schule warst du fleißig und hast mir viel Freude bereitet. Da ich weiß, dass einem das, was man erlernt, keiner mehr nehmen kann, wirst du anschließend die Handelsschule in Stallupönen besuchen.«

Vielleicht machte sich der eine oder andere unter den Gästen darüber Gedanken, ob dies für ein Mädchen eigentlich nötig sei. Otto, der Bruder, lernte im Restaurant-Gewerbe, für Willi war schon eine Banklehre in Sicht. Aber die Anna könnte doch der

Mutter zur Hand gehen!

Dieses waren jedoch nicht die Gedanken des Vaters, und Anna-Maria wurde nicht gefragt. Die Aufnahmeprüfung bestand sie leicht.

In den folgenden drei Jahren war sie in festen schulischen Händen. Die 11 Kilometer Entfernung von Eydtkuhnen nach Stallupönen wurden mit dem Zug bewältigt. Sie konnte dann nach dreijähriger Ausbildung ihre Prüfung mit gutem Ergebnis ablegen. Für die Eltern war es ein Freudentag. Der Vater war mächtig stolz auf seine Tochter. Alle Schwierigkeiten, wie zwischenzeitliche Lernmüdigkeit, Aufmüpfigkeit und so weiter waren vergessen.

Eine Anstellung in einem großen Expeditionsgeschäft in Eydtkuhnen lag auch schon auf dem Tisch. Anna-Maria freute sich auf ihre Tätigkeit. Wer kennt nicht das herrliche Gefühl im Bauch, das lästige Schulbankdrücken beendigt und die Hürde der Prüfung gemeistert zu haben? Man könnte die ganze Welt umarmen.

Zum ersten Büroantritt musste ein neues Kleid her, modisch mit verlängerter Taille. Die Haare wurden kurz geschnitten, nur eine kesse Tolle durfte ins Gesicht fallen.

Jetzt konnte nichts mehr schiefgehen. Ging es auch nicht. Die Chefetage, wie man heute sagen würde, bestand aus einem jüdischen Ehepaar. Reizende, tüchtige junge Leute, die schnell erkannten, dass Anna-Maria überall einsetzbar war. So blieb es nicht aus, dass sie zum »Fräulein Dietrich, hören Sie bitte …, können Sie bitte …, wissen Sie noch …?« wurde. Zu tun gab es genug. Das Geschäft blühte.

Eydtkuhnen entwickelte sich dank der Eisenbahn-Transitlinie zu einem pulsierenden Städtchen und Anna-Maria zu einer selbstbewussten jungen Frau. Sie zog sich gerne schick und modisch - Berlin-orientiert - an. Die erwähnte Leverkusener Cousine erzählte mir, dass sie damals zu den bestangezogenen Frauen Eydtkuhnens zählte.

Bewundernde männliche Blicke gehörten ebenso zu ihrem Alltag wie auch Aussagen, wie sehr man ihre Tüchtigkeit schätze. Vater Dietrich schätzte vor allem einen aufstrebenden Bankangestellten, der seiner Tochter tüchtig den Hof machte.

Sie fühlte sich jedoch stark angezogen von einem Friseur, dem in

Eydtkuhnen der Ruf vorausging, besonders gut mit der Brennschere umgehen zu können. Was heute die Dauerwelle vollbringt, war damals reine Handarbeit mit dem heißen Eisen.

Franz Krieg, der Friseur, kreierte damit wahre Wunderköpfe sehr zum Entzücken der Weiblichkeit in den zwanziger Jahren. Fräulein Dietrichs immer neu gestalteter Haarschopf war die beste Reklame für das Friseurgeschäft, das ebenfalls in jüdischer Hand lag.

Überhaupt genossen Friseure in der damaligen Zeit Ansehen. Die Herren, die auf sich hielten, kehrten jeden Tag zur Rasur ein. Wahre Vertrauenssache bei dem damaligen Handwerkzeug, dem Rasiermesser mit den scharfen Klingen.

Dieser Friseur wurde also ihr Favorit, womit sich Vater Dietrich lange nicht anfreunden konnte. Was fand seine Tochter so liebenswert an diesem Menschen?

Wer war dieser Franz Krieg? Er wurde im Februar 1905 in Stallupönen (später in Ebenrode umbenannt) geboren. Seine Eltern besaßen einen großen Bauernhof mit viel Land, das man nur mithilfe von Personal bewirtschaften konnte. Franz wuchs zusammen mit seiner zwei Jahre älteren Schwester Berta sehr behütet auf. Hunger, Not, Entbehrungen waren in seiner Kindheit Fremdwörter für ihn.

Selbst seine schon in jungen Jahren geäußerte Meinung: »Ich werde nie ein Bauer!« schmerzte zwar den Vater, waren doch seine Erwartungen an den Stammhalter, den über Generationen erhaltenen Besitz in dessen Hände zu geben, doch kamen deshalb keine Spannungen auf. Einen großen Anteil daran hatte die Mutter, die mit viel Geschick auf den Vater einwirkte. So war man sich bald einig, dass nach der achtjährigen Schulzeit eine Lehre bei dem Friseurmeister Blaudschun in Stallupönen begonnen werden sollte. Man machte rechtzeitig alles klar, denn dies bedeutete, dass Franz mit 14 Jahren sein Elternhaus verließ, was entsprechende Vorbereitungen nötig machte. Unterkunft und Kost übernahmen sein Lehrherr.

Hatte seine Mutter eine Vorahnung? Denn sie war es, die nicht eher Ruhe gab, bis der Lehrvertrag unterschrieben war. Dann kam der Schicksalsschlag. Franz war gerade ein Jahr in der Lehre, also 15 Jahre alt, als ihn sein Meister mit seltsam bedrücktem Gesicht zu sich rief.

»Lieber Franz, ich haben soeben von deinem Vater die Mitteilung erhalten, dass deine Mutter heute morgen verstorben ist.«

Franz war fassungslos. Er bekam einen Tag frei und begab sich auf den drei Kilometer langen Weg, wie immer zu Fuß, zu seinem Elternhaus.

Seine Gedanken waren wirr. Sie war doch nie krank gewesen, sie hatte jedenfalls nie darüber gesprochen. War es ein Unfall, was war geschehen? An seinem letzten freien Wochenende war sie doch noch wohlauf gewesen, hatte ihm für die nächste Woche noch viele Köstlichkeiten mitgegeben. Das konnte doch nicht wahr sein! Sie war doch gerade 38 Jahre alt geworden, wie kann man so jung sterben?

Es war wahr, und der Tod war durch einen Schlaganfall eingetreten.

Für die ganze Familie war es eine Tragödie. Alles wurde im Hause Krieg anders. Der Vater verkraftete den Verlust nie, er wurde haltlos, heiratete nach eineinhalb Jahren völlig übereilt eine nicht zu ihm passende Frau, wie sich später herausstellte. Die beiden Kinder waren noch zu jung, ihm helfen oder Einfluss auf ihn nehmen zu können.

Als aus dieser Ehe eine Halbschwester hervorging, wurde die familiäre Situation noch unerträglicher. Die Kinder gingen ab jetzt eigene Wege, wobei Franz in der besseren Situation war. Er hatte bei seinem Lehrherrn eine neue Familie gefunden.

Beim Schreiben dieser Zeilen kamen mir die Gedanken eines Vergleiches beider Elternhäuser. Anna-Maria wuchs in der zu der damaligen Zeit typischen Familienstruktur auf. Der Vater alleiniger Verdiener, zwar nicht patriarchalisch, jedoch tonangebend in allen wichtigen Dingen. Die Mutter Nur-Hausfrau, der es sicher gar nicht in den Sinn kam, ihrem Mann die Kompetenzen zu nehmen.

Wenn ich an das frühe Ableben beider Menschen denke, kommt es mir in den Sinn, dass ihre Art der Lebensgestaltung sie überforderte. Man hätte es sich erleichtern können, wenn man Ratschläge des Partners mit einbezogen hätte. Aber so war man nicht erzogen.

Die Eltern von Franz Krieg waren in der glücklichen Lage, selbstständig zu sein. Beide bewältigten die Arbeit partnerschaftlich, es gab vonseiten der Mutter kein Abhängigkeitsverhältnis. Obwohl zu dieser Zeit das Wort Emanzipation nicht geläufig war, hatte die Mutter unterschwellig Mitspracherecht. Es wurde jedoch darüber nicht diskutiert, wie heute üblich und was so manche Partnerschaft unerträglich macht. Es war einfach so. Diese Frau war diplomatisch, sie war kein Hau-Ruck-Typ. Bei allen Dingen, die sie anders sah als ihr Mann, veränderte sie sie, indem sie ihrem Mann nie die Vorstellung nahm, er sei letztendlich der Entscheidende. Keiner von beiden kam sich als Unterlegener vor, man war ja auch noch nicht verdorben durch flotte Sprüche heutiger Machos oder Emanzen.

Anna-Maria, 6.11.1925

Im April 1925 verlor Anna-Maria ihren 68-jährigen Großvater aus Kinderweitschen. Diesen Schmerz steckte sie jedoch schnell weg. Merkte sie doch, dass ihre geliebte Oma genug Kraft besaß, das Leben auch alleine bewältigen zu können. Annas Bruder Willi, der seine Banklehre bereits beendet hatte und mit Gewinn- und Verlustrechnungen umzugehen verstand, mischte bei den Überlegungen, wie es mit der Oma weitergehen sollte, tüchtig mit. Alleine konnte sie ihr Haus, das liebe Vieh, den Garten und alles andere nicht in Ordnung halten. Also beschloss man gemeinsam, alles zu veräußern.

Die Großmutter kaufte sich am Stadtrand von Eydtkuhnen eine für sie maßgerechte Etagenwohnung. Das übrige Geld, was gewiss nicht wenig war, kam auf die Bank und arbeitete für sie.

Ganz verwundert war sie anfangs darüber, dass ihr beim Betreten der Bank eine so übergroße Höflichkeit entgegengebracht wurde. Oft war es ihr peinlich. Doch bald genoss sie es, sie freute sich auf den Besuch der »Bank ihres Vertrauens« und schlug auch die ihr oft angebotene Tasse Kaffee nicht ab. Die gutgeschriebenen Zinsen erfreuten sie, hatte sie doch jetzt Gelegenheit, ihren Enkelkindern und auch ihrer nun ganz in der Nähe lebenden Tochter ab und zu einen Geldschein in die Hand zu drücken. Man hatte jetzt noch mehr voneinander.

Sie war es auch, die Annas Freund, den Franz, schnell lieb gewann und ihren S(chwiegers)ohn so weit brachte, dass er der Verbindung wohlgesinnter entgegentrat.

Als Emma, die Schwester von Anna-Maria, ihre Verlobung mit Fritz Kauschus bekannt gab, wurde Franz in die Familie eingeführt. Er bestand die Feuertaufe, und Vater Dietrich trat ihm ab diesem Zeitpunkt mit mehr Freundlichkeit entgegen.

Verlobung Emma 1926, Anna-Maria erste Reihe links

Zu dieser Zeit sprach man von den »Goldenen Zwanziger Jahren«. Sicher auch für Anna-Maria einer der schönsten Lebensabschnitte. Sie war verliebt. Ihr Freund Franz hatte eine neue Anstellung als Friseurgehilfe in Eydtkuhnen gefunden, was mit einer Gehaltsaufbesserung verbunden war. Sein Verdienst lag bei 80 Reichsmark im Monat, Kost und Unterkunft frei im Hause des Meisters.

Auch Anna verdiente für damalige Verhältnisse gut. Man konnte sich einiges leisten. Man hatte einen großen Freundeskreis und genoss das Vorrecht der Heranwachsenden, unbekümmert in den Tag hinein zu leben. Man war gesund, hatte Pläne, amüsierte sich. Wochenendausflüge mit der Reichsbahn in das Jagdhaus der Rominter Heide, einer Heide, in der nicht das Heidekraut - dieses sah man nur vereinzelt - die Landschaft bestimmte, sondern bei der es sich um ein 240 Quadratkilometer großes waldreiches, hügeliges Gebiet handelte, gab es häufig. Hier hatte man Gelegenheit, die dortige Badeanstalt aufzusuchen oder den auf der

»Königshöhe« vorhandenen Aussichtsturm zu besteigen, von dem man einen interessanten Ausblick über das ungeheure Waldmeer genießen konnte.

Zwischendurch besuchte man auch das in der Nähe gelegene Gestüt Trakehnen und bewunderte auf den Pferdekoppeln die Zuchthengste.

Den Duft der weiten Welt schnupperte man im Sommer in den Bädern der Kurischen Nehrung. In Cranz, Ostpreußens größtem Seebad, und in Rauschen, einem beliebten Künstlerbad, dem an Naturschönheiten reichsten Badeort. Hier fand man die seltene Verbindung von Wald, Meer, Berg, Tal, einer geschützten Lage mit einer einzigartigen Dünenlandschaft.

Zu nennen wären noch die Orte Neukuhren, Georgenswald und auf der Nehrung selbst die Kleinode Rositten und Nidden, alles machte man unsicher.

Die Stadt Eydtkuhnen selbst bot inzwischen ebenfalls genug Abwechslung. Nachdem im Jahre 1922 das Stadtrecht ausgesprochen worden war, kam es zu vielen neuen Geschäftsgründungen der verschiedenen Art. Die Einwohnerzahl war auf 7.600 herangewachsen. Die neu entstandenen Stadtcafés hatten regen Zulauf. Hier hatte man Gelegenheit, Sonntag nachmittags bei Live-Musik das Tanzbein zu schwingen. Charleston hieß der Tanz dieser Zeit.

Anna-Maria und ihr Freund Franz waren begeisterte Tänzer, man sah sie oft in Gesellschaft ihres Freundeskreises. Beide fielen als elegantes Paar auf, was sie sicher auch wollten und genossen.

Eydtkuhnen 1927, Anna-Maria und Franz (rechts)

So traten sie auch auf dem anlässlich der Silberhochzeit der Eltern von Anna-Maria stattfindenden Festes im Mai 1927 auf. Die Kinder hatten diese Feier gemeinsam geplant und gestaltet.

Vater Dietrich konnte sich auf dieses Ereignis jedoch nicht so recht freuen. Gab es doch mit seinem ältesten Sohn Otto, der inzwischen verheiratet in Elbing lebte, Unstimmigkeiten. Schon die Heirat hatte nicht seine Zustimmung gefunden. Außerdem schien ihm sein Otto in seinem Lebenswandel nicht korrekt genug. Mit dem erwählten Beruf des Kellners hatte er sich seinerzeit zwar abgefunden, doch die Art dieses Lebens passte nicht in das Konzept eines Beamten, wie er es war. So war es nicht verwunderlich, dass Otto mit seiner Frau an diesem Tage nicht zugegen war.

Das zu Ehren der Eltern geschossene Foto zeigte auf allen Gesichtern eine gewisse Traurigkeit.

Eydtkuhnen 1927, Silberhochzeit der Eltern

Ich denke, vor allem Mutter Dietrich hatte anlässlich dieses Familienfestes an eine Versöhnung geglaubt. Die sonst so schnell eintretende Fröhlichkeit fehlte an diesem Tage, man wollte ganz schnell alles überstehen. Den Vater nervte die immer wiederkehrende Frage der nicht eingeweihten Verwandtschaft: »Warum fehlt Otto mit seiner Frau?« Peinlich war das Ganze.

Verlobung im Hause Dietrich

Am 9. März 1928 wurde im Hause Dietrich die Verlobung von Anna-Maria und Franz gefeiert. Ganz groß! Sie in einem weinroten Samtkleid mit weißen Chiffonärmeln, halsfrei, damit das Verlobungsgeschenk, eine weiße lange Perlenkette, auch richtig zur Geltung kam. Er in einem zum Kleid passenden Anzug, daher die Farbstellung mehr weinrot als braun.

Verlobung, Eydtkuhnen 9.3.1928

Damit dieser Tag noch besser in Erinnerung blieb, war unter den Gästen auch ein Fotograf, der seine Arbeit verstand. Hatte er es doch fertiggebracht, den Bräutigam an der Seite seiner Anna mit einer stattlichen Übergröße aufs Verlobungsbild zu bannen. Er benutzte den zur damaligen Zeit nicht unüblichen Trick, den männlichen Darsteller durch entsprechende Unterlagen, meistens waren es Bücher, auf die für ihn wichtige Proportion zu bringen.

Als Kind kam mir beim Betrachten dieses Bildes zuerst der Gedanke, dass mein Vater mit aufgebürdeter Verantwortung an Größe verlor, hatte ich ihn doch anders vor Augen. Viel später erkannte ich, dass das Leben in den »Goldenen Zwanziger Jahren« von mehr Schein als Sein geprägt war. Man wollte oberflächlich sein, Spaß haben, wie es heute so schön heißt. Man ließ es zu manipuliert zu werden. So ist es auch nicht verwunderlich, dass die Filmbranche ihre Blütezeit hatte, die Kinokassen wurden gestürmt. Bekannte Filmschauspieler wurden zu Idolen.

Man schmiedete Pläne. Für Anna-Maria und Franz galt es nun trotz aller Unbeschwertheit, an eine Familiengründung zu denken.

Doch etwas musste Anna-Maria vor ihrer Hochzeit noch bewältigen.

Schon in der Schulzeit litt sie etwas darunter, dass auf dem Zeugnis für sportliche Betätigung immer die schlechteste Note eingetragen war. Hinzu kam, dass ihr Franz ein sehr beweglicher junger Mann war, dem es zufiel, im Winter mit den Schlittschuhen auf dem Eis ein wahrer Meister zu sein. Eishockey gehörte unter anderem zu seiner Leidenschaft. Im Sommer frönte er dem Ballspiel, wobei der Fußball seine liebste Beschäftigung war und er für einige Zeit als Torwart die Verantwortung für seine Fußballelf übernahm.

Anna-Maria, der selbst das Radfahren schwerfiel, entwickelte einen nicht nachzuvollziehenden Ehrgeiz im Wasser. Aufgrund ihrer körperlichen Veranlagung, sie neigte zur Molligkeit, fiel ihr das Überwasserhalten am leichtesten. So trainierte sie verbissen das Ausdauerschwimmen. Dabei kam es ihr nicht darauf an, die einzelnen Schwimmarten perfekt zu beherrschen. Sie wollte einen Rekord!

Im Sommer 1928 brachte sie es fertig, sich in Gegenwart ihres Verlobten und vieler Freunde, die sogar einen Vertreter der Tagespresse bestellt hatten, drei Stunden über Wasser zu halten.

Für Eydtkuhnen ein Ereignis, was mit einem entsprechenden Artikel in der Presse honoriert wurde.

Sie war danach völlig fertig, der Körper aufgeweicht. Zwei Tage benötigte sie zur Regeneration, doch der Triumph ließ alles schnell vergessen.

In den darauf folgenden Wochen war dieser Sieg über den eigenen Schweinehund noch oft ein Gesprächsthema unter Freunden und wurde entsprechend begossen.

Pfingsten 1928 am Marinowo-See, Anna-Maria und Franz (rechts)

Von vielen Dingen aus der Zeit bis zu ihrer Hochzeit hat sie mir sicher nichts erzählt, doch diese für sie wichtige sportliche Leistung gab sie oft zum Besten.

Heute weiß ich, dass sie aufgrund einer gestörten Feinmotorik mit ihren Händen und Füßen nicht viel anfangen konnte; heute wird die sogenannte cerebrale Störung schon bei Kleinkindern erkannt und entsprechend geschult.

Neuer Name - Neuer Anfang

Schneller als vorgesehen stand die Hochzeit von Anna-Maria und Franz auf dem Programm.

Bei Einsicht des Stammbuches Krieg-Dietrich war ich nicht wenig erstaunt, als ich las

Eheschließung am 6. April 1929 zu Eydtkuhnen

Wusste ich doch, dass meine älteste Schwester Sigrid am l9.10.1929 das Licht der Welt erblickte. Handelte es sich etwa um ein Sieben-Monats-Kind?

Ich musste schmunzeln, sah ich doch den erhobenen Zeigefinger meiner Mutter vor mir, als die ersten Aufklärungsversuche erfolgten.

So wurde trotz des schlummernden, noch nicht sichtbaren neuen Lebens die Hochzeit groß gefeiert. Anna-Maria in einem traumhaften weißen Kleid und einer ausgefallenen Kopfbedeckung - einem mit vielen weißen Perlen besticktem Gebilde, welches wie eine Badekappe auf dem Kopfe saß. Ich habe nie erfahren, wie Vater Dietrich die Beichte seiner Lieblingstochter bezüglich der Schwangerschaft aufgenommen hat.

Das Fest verlief jedenfalls so, wie man in dieser Familie zu feicrn pflegte. Mit viel Freude, harmonisch und über zwei Tage, denn auch die engere Nachbarschaft kam am zweiten Tag hinzu.

Auffallend war auch, dass Bruder Otto mit Frau und fast zweijähriger Tochter Ursula zugegen war. Der »verlorene Sohn« hatte den Weg in die Familie zurückgefunden.

Eine Hochzeitsreise gab es für das junge Paar nicht. Man hatte im Zentrum von Eydtkuhnen, mit Blick auf die Kirchtürme, eine kleine Zweizimmerwohnung gefunden. Es stand jetzt schon fest, dass nach der Geburt das Arbeitsverhältnis von Anna-Maria nicht aufgelöst wurde. Mutter und Großmutter wohnten in der Nähe und freuten sich auf die neue Aufgabe. Auch Anna-Marias Vater äußerte keine Bedenken, dass sein erwartetes Enkelkind in einer damals nicht üblichen Fürsorge aufwachsen sollte.

Den zur damaligen Zeit üblichen Spruch »Eine junge Ehefrau gehört an den Kochtopf und eine junge Mutter zu ihrem Kind« hörte man von ihm nicht.

Anna-Maria und Franz hatten wie alle jungen Leute Pläne. Gemeinsam wollte man von dem verdienten Geld Rücklagen bilden, um ein eigenes Friseurgeschäft gründen zu können. Das hörte Vater Dietrich natürlich gerne, und jegliche Unterstützung war den beiden sicher.

Natürlich bekam man auch in Eydtkuhnen mit, dass der wirtschaftliche Aufschwung durch die Weltwirtschaftskrise ins

Wanken geriet. Man hörte einzelne Stimmen, die dem alten Kaiserreich nachtrauerten und die die noch junge Weimarer Republik kritisierten. Doch hier im fernsten Ostpreußen bekam man wieder nicht genug mit, was in der westlichen Welt geschah. Man hatte zu essen, die Geschäfte liefen noch gut.

Als die Nachricht vom Tode Gustav Stresemanns (3.10.1929) Eydtkuhnen erreichte, erinnerte man sich, dass gerade dieser Politiker die ersten Brücken zwischen den verfeindeten Nationen nach dem ersten Weltkrieg schlug, er mit dem Franzosen Aristide Briand vieles bewirkte. Er hatte doch wesentlich dazu beigetragen, dass Deutschland in den Völkerbund aufgenommen wurde, so weit reichten die Überlegungen und wurden auch diskutiert.

Viel wichtiger war das neue Leben, das die Familie vergrößern sollte. Leider gab es zu Ende der Schwangerschaft Komplikationen in Form einer Nierenbeckenentzündung, was zur Folge hatte, dass Anna-Maria für ihr weiteres Leben mit einer nicht mehr zu behebenden Anschwellung der Beine in der Knöchelgegend leben musste. Und dies geschah zu der Zeit, wo die Beine der Marlene Dietrich durch den Film »Der blaue Engel« in aller Munde waren.

Sicher war sie nicht beglückt über diesen Makel an ihren Beinen, doch gesprochen hat sie auch später nie darüber.

Sie war froh, dass der Arzt die Entzündung so in den Griff bekam, dass am 19.10.1929 ein Wonneproppen weiblichen Geschlechts von sieben Pfund, kerngesund, auf die Welt kam. Sie wurde auf den Namen Sigrid getauft, musste jedoch viele Jahre mit dem Kosenamen »Puppa« leben, von allen geliebt und mächtig verwöhnt. Zur Patentante wurde Berta, die Schwester von Franz, auserkoren.

Den ersten Monat nach der Geburt blieb Anna-Maria bei ihrem Kind, versuchte sich im Stillen, was leider nicht zur Zufriedenheit der Hebamme gelang. Man musste direkt zur Flasche greifen, und so konnte Anna-Maria wie geplant ihre Tätigkeit wieder aufnehmen. Ihre Mutter hatte genug Erfahrung, mit dem Baby zurechtzukommen, außerdem war die jüngste Schwester Frida noch im Hause. Diese, gerade 15 Jahre alt, gab dem kleinen Wesen mit viel Begeisterung die Flasche, wickelte es und sorgte dafür, dass Sigrid auch genügend frische Luft bekam. In der

Mittagspause schaute Anna-Maria herein, aß auch hier zu Mittag und freute sich auf das kurze Beisammensein mit ihrem Kind. Ihr Mann Franz wurde weiter bei seinem Friseurmeister beköstigt, da das Geschäft rund um die Uhr geöffnet hatte.

Es war eine angenehme Zeit für das junge Paar. Wochentags lebte man wie in einer Großfamilie. Anna-Maria, die der Hausarbeit und dem Kochen auch nicht viel abgewinnen konnte, war gerne berufstätig und fand die ihr dort zuteil werdende Anerkennung wohltuend. Auf den freien Sonntag freute man sich, dann war man unter sich, widmete sich der »Puppa«, die prächtig gedieh. Ab und zu besuchte man die Großmutter, die noch rüstig an allem Geschehen teilnahm. Voller Stolz schob dann Anna-Maria den Kinderwagen durch Eydtkuhnen, neben ihr Franz, der es ab und zu wagte, wenigstens eine Hand auf den Wagen zu legen. Männer, die die Fortbewegung eines Kinderwagens übernahmen, waren unvorstellbar.

Puppa wurde dann tüchtig durchgerüttelt, denn Asphaltstraßen oder entsprechende Bürgersteige gab es nicht. Kopfsteinpflaster und festgetretene Erde waren der Untergrund der Straßen. Dafür konnte man ohne Bedenken die Babys kutschieren, denn die Luft war frei von Abgasen.

Wie das Leben nun einmal ist, hat es für alle Menschen Höhen und Tiefen bereit. So auch für Anna-Maria.

Im Februar 1931 verstarb ganz plötzlich ihre Mutter im Alter von 48 Jahren an Herzversagen.

Eydtkuhnen 1931, Beerdigung der Mutter
von links: der Vater, Otto, Emma, Anna-Maria, Frida, Willi

Jetzt erst wurde allen der Familie bewusst, welche Lücke entstanden war. Die Mutter war nie in den Vordergrund getreten, hatte immer im Stillen gewirkt. Eigene Wehwehchen oder Probleme, die sie sicher auch beschäftigt haben mussten, hat sie nie preisgegeben. Es war auch keinem ihrer Angehörigen eingefallen, sie danach zu fragen. Man hatte ein schlechtes Gewissen.

Vor allem Anna-Maria plagten Zweifel. Hatte gerade sie ihre Mutter mit der Übertragung der Pflichten überfordert?

Ihr Vater war wie versteinert vor Trauer, und sie litt mit ihm. Die Großmutter verstand die Welt nicht mehr. »Warum hat der liebe Gott hier die Reihenfolge nicht eingehalten?«, fragte sie sich immer wieder.

Gut sechs Monate brauchte die ganze Familie zur Bewältigung dieses Einschnittes. Man verarbeitete den Schmerz, indem man viel zusammenkam, noch näher zusammenrückte. Die Brüder Otto und Willi besuchten oft Eydtkuhnen. Man wollte gemeinsam den Vater trösten, sich in Gesprächen an die schönen Zeiten mit der Mutter erinnern. Natürlich war dann auch immer ein Gang zum

Friedhof angesagt. Berta, die Schwägerin von Anna-Maria, war ebenfalls oft Gast in der Familie. Sie erfreute sich an ihrem Patenkind Sigrid.

Eydtkuhnen, Sommer 1931
Von links: Schwägerin Berta, Franz, Anna-Maria, Tochter Sigrid

Irgendwie schaffte man es dann, wieder zur Normalität zurückzukehren, weiter offen für das Leben zu sein.

Frida schlüpfte nun ganz in die Rolle der verstorbenen Mutter. Sie versorgte den Vater und kümmerte sich weiter um die kleine Tochter Sigrid von Anna-Maria. Sie übernahm gerne die Verantwortung, ging restlos darin auf.

Den Vater quälte der Gedanke, dass Frida gezwungenermaßen die Erlernung eines Berufes verpasste. Ihm schien die Institution Ehe keine Sicherheit für das ganze Leben zu sein. Wie recht er damit bei dieser Tochter haben sollte.

Jetzt beschäftigte man sich auch wieder etwas intensiver mit dem Zeitgeschehen.

Willi, bei der Bank in Königsberg fest angestellt, kam am Wochenende mit immer neuen Meldungen nach Hause. Von einer Partei NSDAP mit steigenden Mitgliedszahlen wusste er zu berichten. Ihr Führer Adolf Hitler trat immer mehr in Erscheinung und wurde gehört. Willi erzählte, dass in Königsberg das 1924 von

A. Hitler erschienene Buch »Mein Kampf« vergriffen sei. Auch er war begeistert von diesem Mann wie so viele Menschen in Ostpreußen.

Zu Beginn des Winters 1932 vergrößerte sich die Familie Dietrich–Krieg durch den Freund von Berta. Dieser junge Mann, der sehr kreativ als Gärtner tätig war, war von Anfang an herzlich willkommen.

Eydtkuhnen 1932, Arthur und Schwägerin Berta (rechts)

Davor, im Spätherbst desselben Jahres, hatte man die Verlobung von Bruder Willi und seiner Hertha gefeiert. Bei Vater Dietrich, noch immer vom Tode seiner Frau gezeichnet, an seiner Seite die Großmutter, konnte an diesem Tage die rechte Freude nicht aufkommen.

Eydtkuhnen 1932, Verlobung Bruder Willi und Hertha

Wir schreiben das Jahr 1933

Im Januar 1933 ist die Machtergreifung Hitlers in aller Munde.

Viele Einwohner Eydtkuhnens, die über Jahre hinweg sehr harmonisch mit den sesshaften sowie durchreisenden Juden zusammenlebten, verstanden die Welt nicht mehr. Man wurde jeden Tag damit konfrontiert, dass man liebgewordene jüdische Geschäftsleute vermisste. Jüdische Nachbarn hatten über Nacht Eydtkuhnen verlassen ohne eine Nachricht. Man war besorgt.

Vater Dietrich konnte mit Begriffen wie »Arier« oder »germanische Rasse« nichts anfangen. Er hatte Angst um seinen

Arbeitsplatz, denn der Warenverkehr nach Russland und die Geschäfte durch die Abwanderung der Juden waren rückläufig.

Seine trüben Gedanken legte er nur vor Anna-Maria offen. Er sagte: »Liebe Tochter, wir leben hier in Ostpreußen wie auf einem Pulverfass und befinden uns in einer ganz schwierigen Wirtschaftslage. Der jahrelange deutsch-polnische Zollkrieg und der am 6.3.1933 erfolgte Zwischenfall auf der Westerplatte in Danzig werden Folgen haben. Ich mache mir große Sorgen.«

Wie recht er wieder einmal hatte!

Dieser ständige Spannungszustand führte kurz darauf zu Plänen eines Präventivkrieges Polens gegen Deutschland. Und vor allem machte er weite Kreise der ostdeutschen Bevölkerung den Versprechungen des Nationalsozialismus zugänglich.

Welches Unheil mit dem Jahre 1933 begann, war damals nicht zu ahnen.

War es Bestimmung, dass dieses Jahr für Anna-Maria auch eines der schmerzhaftesten in ihrem Leben wurde?

Schon die Hochzeit Anfang Mai 1933 ihres Bruders Willi mit der Hutmacherin Herta wurde zu einem Albtraum für sie.

Sie war im vierten Monat schwanger, bekam in der Kirche während der Trauung starke Schmerzen. Die herbeigeholte Hebamme forderte Bettruhe für einige Tage an. Man rechnete sogar mit einer Fehlgeburt. Anna-Marias Großmutter tröstete sie und blieb in ihrer Nähe, damit das Hochzeitsfest, wenn auch erheblich gestört, weiterlaufen konnte.

Zur Freude aller war sie nach zwei Tagen wieder auf den Beinen. Wollte sie doch unbedingt ihren Bruder Willi mit seiner frisch Angetrauten zum Bahnhof Eydtkuhnen begleiten. Die Hochzeitsreise des jungen Ehepaares ging nach Königsberg, dem neuen Fest-Wohnsitz. Dort wartete eine fast vollständig eingerichtete geräumige Wohnung auf sie und der Arbeitsplatz von Willi mit Aufstiegsmöglichkeiten bei der Bank.

Anna-Maria, aufgrund ihrer Schwangerschaft viel sensibler und aufmerksamer auf ihre Umwelt reagierend, beobachtete ihren Vater mit Argusaugen und war beunruhigt. Er wirkte oft so müde. Sie bat ihn, sich mehr zu schonen.

Am 10. September 1933 wurde sie am frühen Vormittag verständigt, dass ihr Vater an seinem Arbeitsplatz zusammengebrochen sei. Völlig aufgelöst begab sie sich ins Krankenhaus, dorthin hatte man ihren geliebten Vater inzwischen gebracht. Ihre Schwester Frida saß schon am Krankenbett. Man wich nicht von der Seite des Vaters, da nach Aussage des Arztes die Lage kritisch war. Willi in Königsberg und Otto in Elbing wurden per Telegramm verständigt. Die vierjährige Sigrid, sie wurde noch immer »Puppa« gerufen, wurde ihrer Urgroßmutter zur Beaufsichtigung übergeben. Nur Emma, die in letzter Zeit kränkelte und sich im dritten Lehrjahr bei einem Schneidermeister befand, dort auch wohnte und beköstigt wurde, erhielt die Nachricht erst am nächsten Tag, als sich der Gesundheitszustand des Vaters weiter verschlechtert hatte.

Alle fünf Geschwister bangten zwei Tage um das Leben des Vaters. Er erlangte kurzfristig sein Bewusstsein wieder. Seine letzten Worte waren an Anna-Maria gerichtet: »Liebe Anna, versprich mir, immer für deine jüngste Schwester Frida da zu sein, sie braucht noch Hilfe.«

Sein Herz hatte aufgehört zu schlagen. Nur 56 Jahre war er geworden.

Eydtkuhnen 10.9.1932, Beerdigung des Vaters, Anna-Maria rechts

Jeder der fünf Kinder durchlebte den Verlust sicher anders. Anna-Maria stürzte in ein tiefes Loch. Es brach ihr fast das Herz. So ist es nicht verwunderlich, dass sie 14 Tage vor errechnetem Geburtstermin die Hebamme rufen ließ und am Tage der Beerdigung ihres Vaters nicht dabei sein konnte. Sie schenkte an diesem Tage einem Jungen von sechs Pfund das Leben.

Das Schicksal hatte es so gewollt.

Der Pfarrer am Grabe ihres Vaters hielt eine bewegende Trauerrede, er schloss Anna-Maria und das Neugeborene in sein Gebet ein. Der Kreislauf von gehendem und kommendem Leben hatte sich geschlossen.

Es dauerte einige Tage, bis sich Anna-Maria und Franz, dem ja ein Stammhalter geschenkt worden war, auf den neuen kleinen Erdenbürger freudig einstellen konnten.

Die vierjährige Puppa war diejenige, die ihren Bruder jubelnd begrüßte und sich an dem kleinen Wesen nicht sattsehen konnte.

37

Sie freute sich, ihre Onkel und Tanten um sich zu haben, und brachte durch ihre drollige Art etwas Entspannung in die Familie.

Es galt nun für alle vorwärts zu schauen, auch wenn es schwerfiel. Der Verlust beider Elternteile in so kurzer Zeit beschäftigte die Kinder noch lange. Die Frage, warum gerade sie in der Mitte ihres Lebens sterben mussten, blieb unbeantwortet.

Verständnisvoll hatten die jüdischen Inhaber des Expeditionsgeschäftes, in dem Anna-Maria noch offiziell angestellt war, einer von ihr zu bestimmenden Arbeitspause zugestimmt. Man war so kulant, für noch einen Monat das volle Gehalt auszuzahlen. Ein Trostpflaster für die zerrüttete, trauernde Seele, so sahen sie es.

Als alle Formalitäten erledigt waren und man das Ersparte des Vaters, was keine Dimension erreicht haben konnte, unter den Geschwistern verteilt hatte, holte der Alltag die Familie wieder ein.

Willi und seine Frau reisten in ihre Bleibe nach Königsberg. Otto mit seiner Frau Grete und Tochter Ursula mussten zu ihrem Wohnsitz nach Elbing zurück. Emma hatte sich direkt nach der Beerdigung wieder zu ihrem Lehrherrn, dem Schneidermeister, begeben.

Anna-Maria und Franz zogen mit ihren beiden Kindern in die größere elterliche Wohnung, damit Frida in ihrer Umgebung bleiben konnte.

Zum Mittelpunkt der Geschwister wurde nun noch verstärkt die Großmutter. Sie schaute oft bei Anna-Maria herein und sah voller Zufriedenheit, wie ihre Enkelin den Haushalt schmiss, wo ihr doch diese Tätigkeit bisher im wöchentlichen Ablauf fremd war. Unterstützt von Frida klappte alles bestens.

Der Stammhalter, der auf den Namen Franz getauft wurde, erhielt seine Streicheleinheiten mehr als genug. Hatte er doch vier weibliche Wesen, Urgroßmutter, die Mutter, Tante und die quirlige Schwester Sigrid, immer um sich.

Da man so eng zusammenrückte, blieb es Anna-Maria auch nicht verborgen, dass der frühe Tod ihrer Eltern erhebliche Spuren auch bei ihrer Großmutter hinterlassen hatte. Immer öfter sagte sie: »Ich fühle mich so müde, so ausgebrannt. Bitte, nimm dir doch einmal die Zeit und besuche mit mir meine Bank, damit wir die Dinge regeln.«

An sich noch kein Zeichen zur Besorgnis. Einen Arzt suchte man seinerzeit nur in Notfällen auf, regelmäßiges Durchchecken kannte man nicht.

So trat auch der Tod der Großmutter am 13.11.1933 eigentlich plötzlich ein. Sie war 74 Jahre alt geworden.

Dies sollte jedoch nicht der letzte schmerzliche Anlass sein, zu dem sich die Familie traf.

Am 6.1.1934 fand man den kleinen Stammhalter Franz Krieg zur Zeit der ersten Mahlzeit tot in seinem Bettchen, Ursache unbekannt. Heute würde man sagen, der Tod trat durch Atemstillstand im Schlafe ein.

Wie verkraftet man innerhalb so kurzer Zeit den Verlust so vieler Familienangehörigen? Man hatte sicher keine Tränen mehr. Nur durch sehr viel Selbstdisziplin und Kraft, durch Halt und Trost der noch verbliebenen liebsten Menschen meisterte man den Alltag.

Wieder etwas zur Ruhe gekommen, sprach Anna-Maria im Februar 1934 im Speditionsgeschäft vor und war erfreut zu hören, dass sie noch gebraucht würde. Sie erhoffte sich durch ihre Tätigkeit etwas Ablenkung von den tragischen Ereignissen in der Vergangenheit. Ihre Puppa war bei Tante Frida gut aufgehoben. Außerdem tat ein Verdienst ihrerseits auch der Haushaltskasse sehr gut, denn ihr Mann klagte über Müßiggang in dem Friseurgeschäft, es gab immer weniger Kundschaft.

Durch den Aufruf eines Mannes Goebbels zum Boykott im April 1934 gegen jüdische Geschäfte verließen immer mehr jüdische Geschäftsleute Eydtkuhnen. Wie gerne hätte Anna-Maria mit ihrem verstorbenen Vater über diese beunruhigenden Ereignisse gesprochen.

So stand auch sie eines Morgens vor ihrer Arbeitsstelle und las: »Das Geschäft bleibt bis auf Weiteres geschlossen.« Wieder eine Trennung von einem von ihr sehr geschätzten Ehepaar. Etwas später erhielt sie eine Information, dass sich das jüdische Ehepaar nach Amerika abgesetzt hätte.

Die meisten Einwohner Eydtkuhnens nahmen die immer neuen Meldungen, die mit dem Namen Hitler verbunden waren, mit Sorge auf. Man hörte von der SA, eine von Hitler gegründete Sturmabteilung, die besonders brutal gegen Juden vorging.

Ebenso irritiert war man über die Nachricht, dass Hitler im Juni 1934 die gesamte SA-Spitze umbringen ließ. Waren das nicht seine ehemals führenden Mitkämpfer?, fragte man sich.

Als Anna-Maria im August 1934 vom Tode Hindenburgs hörte, erinnerte sie sich der vielen Gespräche mit ihrem Vater, was diesen Mann betraf. Er wurde bis zu seinem Tode zwar verehrt, jedoch hinderte es die Mehrheit der Ostpreußen Anfang der dreißiger Jahre nicht, sich verstärkt den Nationalsozialisten zuzuwenden. Vor allem in Masuren, wo Tannenberg eine sehr große Bedeutung hatte, konnte die NSDAP das beste Wahlergebnis erreichen.

So wurde die Beisetzung Hindenburgs gigantisch inszeniert. Bei der Überführung von Gut Neudeck nach Tannenberg nahmen die Ostpreußen mit überwältigender Anteilnahme Abschied von diesem Mann. Hitler nutzte dieses Ereignis zu Propagandazwecken. Er war bei der Beisetzung im neu errichteten Gruftturm in Tannenberg zugegen, die am 2. Oktober 1935 (Hindenburgs Geburtstag) in Form einer großen Trauerfeier geschah. Gleichzeitig erhob Hitler Tannenberg zum »Reichsehrenmal« und löste damit in den weiteren Jahren einen Tannenberg-Tourismus aus. Nicht nur Ostpreußen pilgerten zu dem Denkmal. Ein Besuch dorthin wurde fester Bestandteil »nationalpolitischer Schulung« in ganz Deutschland.

Auch in Eydtkuhnen hörte man von den nicht endenden Besucherströmen in Tannenberg, doch man lebte in einer Grenzstadt und hatte andere Sorgen.

Anna-Maria war ohne Arbeit und zusätzlichem Einkommen, die Bevölkerungszahl verringerte sich durch den Weggang der jüdischen Einwohner drastisch. Hinzu kam, dass auch ihr Mann Franz in dem Friseurgeschäft kaum Arbeit hatte, die sonst so üppigen Trinkgelder wurden immer weniger. Man lebte von der Substanz. Das von der kürzlich verstorbenen Großmutter geerbte Geld war schnell aufgebraucht. So suchte man gemeinsam nach einer Lösung.

Bei der Hochzeit von Berta und Arthur am 10.8.1934 in Stallupönen war die prekäre Lage von Anna-Maria und Franz auch ein Gesprächsthema. Man sah ihnen ihre Sorgen an, jedoch helfen konnte man nicht. Die beiden Neuvermählten zogen in die Nähe von Heilsberg, wo Arthur auf einem Gutshof eine Anstellung als Gärtner gefunden hatte.

Stallupönen 10.8.1934, Hochzeit von Schwägerin Berta

Als Grenzbewohner und immer konfrontiert mit Kontrollen beim Übergang nach Litauen und der Kenntnis, dass es in Eydtkuhnen ein Hauptzollamt gab, welches Anna-Maria durch ihre Tätigkeit im Expeditionsgeschäft gut kannte, war die Idee schnell geboren.

Ihr Mann Franz bewarb sich Anfang 1935 beim Hauptzollamt Eydtkuhnen und trat dort im Mai 1935 als Zollhilfsangestellter ein. Jetzt hatte man zwar ein geringes, doch gesichertes Einkommen. Man konnte wieder vorwärts blicken.

Außerdem gab es ja die Möglichkeiten eines Aufstiegs, was von Anna-Maria mit dem ihr eigenen Frauen-Geschick auch ihrem Mann schmackhaft gemacht wurde.

Franz drückte also zwischendurch die Bank in der Zollschule, Anna-Maria hörte seinen Lernstoff ab, half ihm, wo sie konnte. Sie hatte wieder eine Aufgabe, die sie die stupide Hausarbeit vergessen ließ.

Franz fühlte sich in seiner neuen Umgebung wohl. Nach den vielen traurigen familiären Ereignissen kam wieder etwas Freude auf. Man war jung, gerade 30 Jahre alt, hatte eine sechsjährige Tochter und wollte leben.

Diese Tochter Sigrid war nun schulreif. An ihrem ersten Schultag, der ihr mit einer Tüte voller Süßigkeiten schmackhaft gemacht wurde, war wieder die ganze in der Nähe wohnende Verwandtschaft beisammen.

Eydtkuhnen 1936
Schulanfang Tochter Sigrid

Fernab vom politischen Geschehen ließ man sich von den euphorischen Worten Hitlers immer mehr beeindrucken. Vieles bekam man nur lückenhaft übermittelt.

Man glaubte an einen Aufschwung, und so ist es nicht verwunderlich, dass zwischen Anna-Maria und Franz auch wieder die Hormone purzelten und man an eine Vergrößerung der Familie dachte. Ein Stammhalter, der Wunsch aller Väter, sollte her. Zudem war »Puppa« inzwischen fast acht Jahre als Einzelkind aufgewachsen, für Anna-Maria, mit vier Geschwistern groß geworden, schon lange kein Idealzustand für ihre Tochter Sigrid.

Ich erblicke das Licht der Welt

An einem Sonntag und außerdem Muttertag des Jahres 1937 wurde ich geboren. Eine perfekte Schwangerschaft lag hinter Anna-Maria, als ich am 9. Mai das Licht der Welt erblickte. Die Freude über ein acht Pfund schweres Mädchen war groß, meine Schwester Sigrid hell begeistert.

Anna-Maria genoss es, mich rund um die Uhr zu versorgen. Sie war jetzt Hausfrau und Mutter mit Begeisterung, mit ihrem Bruder Willi in Königsberg bestand weiterhin ein sehr enger Kontakt, der durch gegenseitige Besuche Abwechslung in den Alltag brachte. Vor allem die Reise nach Königsberg war immer ein Erlebnis, dort gab es inzwischen zwei Cousins, einen sehenswerten Zoo und viel Abwechslung. Für die Eydtkuhner immer eine Reise wert, um Großstadt-Luft zu schnuppern.

Die Jahre 1937 bis 1939 waren für meine Eltern familiär gesehen eine ruhige Zeit.

Meine Schwester Sigrid war eine gute Schülerin. Mein Vater hatte eine sichere Arbeitsstelle beim Hauptzollamt Eydtkuhnen. Seine Kenntnisse, die er auf der Zollschule zwecks Aufstieg übermittelt bekam, vertieften sich, sodass sich meine Mutter zufrieden zurücklehnen konnte. Das Gelingen der Abschlussprüfung ihres Mannes war so gut wie sicher.

So war sie täglich mit mir im Kinderwagen unterwegs, vermisste allerdings ihre so früh verstorbenen Eltern und vor allem ihre Großmutter sehr. Zudem hatte sich Eydtkuhnen sehr verändert, viele Geschäfte standen leer.

Oft spazierte sie traurig durch die Straßen, mit denen sich viele schöne Erinnerungen zur Zeit ihrer Berufstätigkeit verbanden. An ihrer Seite oft die jüngste Schwester Frida, die noch immer in ihrem Haushalt lebte. Gern ging man dann zum Eydtkuhner Bahnhof, der damaligen Arbeitsstätte des verstorbenen Vaters.

Der zur Entwicklung Eydtkuhnens maßgebende, bereits 1860 fertiggestellte Bahnhof war noch immer der größte Arbeitgeber des Ortes.

Sie erinnerte sich an die Erzählungen ihres Vaters, dass dieser von August Stüler entworfene Bahnhof den Glanz der damaligen zeitgenössischen Berliner Baukunst ins ferne Ostpreußen brachte.

Man hörte viele Weltsprachen auf den Bahnsteigen, der Warenverkehr nach Russland wurde über diesen Grenzort abgewickelt. Kurswagen von Genf und Paris rollten von hier weiter nach Russland. Eigens dafür gab es ein Fürstenzimmer im Bahnhof, in dem sich Kaiser, Zaren, Könige und Großfürsten die Zeit während des Aufenthaltes vertrieben.

Dieser Bahnhof hatte aus dem kleinen Marktflecken mit 125 Einwohnern zuerst ein pulsierendes größeres Dorf entwickelt. Nach 15 Jahren zählte man 3.253 Einwohner. 1923, ein Jahr nach Eydtkuhnens Erhebung zur Stadt, bereits 10.500 Ansässige. 500 Leute fanden zu dieser Zeit ihre Beschäftigung im Bahnhof.

Viele vor Pogromen geflüchteten russische und polnische Juden ließen sich in Eydtkuhnen nieder, gründeten Expeditionsgeschäfte und trugen in besonderem Maße zum bunten Treiben in dieser Stadt bei.

Das alles war einmal. In den Jahren 1937 bis 1939 war die Einwohnerzahl auf ca. 5.000 gesunken.

Jetzt, im Jahre 1938, war man auch in Eydtkau, wie es nun hieß, verwundert über die sogenannte Flurbereinigung (Germanisierung). Es erfolgte eine Umbenennung vieler Ortsnamen. Stallupönen, der Geburtsort meines Vaters, hieß nun Ebenrode. Meine Mutter konnte diese Maßnahmen nicht nachvollziehen, zumal ihr Eydtkau von den in der Landwirtschaft sichtbaren ökonomischen Erfolgen kaum profitierte.

Von meinem Vater hörte sie, dass in Masuren die meisten Ortsnamen nun andere Bezeichnungen hätten und zudem die polnische Sprache verboten würde. Wie vertrug sich das mit der im Januar 1934 von Hitler propagierten deutsch-polnischen Nichtangriffserklärung?, dachte sie. Es gab sicher mehrere kritische Stimmen auch zu dieser Neuerung, doch diese verstummten.

Für meine Eltern im Mai 1938 gab es anderes zu tun, als sich mit den vielen Veränderungen, was die Grenzen und Namen in Ostpreußen betraf, zu beschäftigen.

Viele Stunden verbrachten die beiden damit, den ganzen Lernstoff der Zollschule zu wiederholen. Immer wieder wurden ungeklärte Dinge recherchiert, sie bereitete meinen Vater auch auf einzelne politische Themen vor. Der große Zollatlas wurde im Hinblick auf die vielen veränderten Grenzen in der Geschichte Ostpreußens hin- und hergewälzt.

Zu dieser Zeit hatte meine Mutter kaum Zeit, sich um ihre Kinder zu kümmern, zu wichtig war für die beiden das Bestehen der Prüfung. Zum Glück gab es ja für meine Schwester Sigrid und mich unsere Tante Frida, die in dieser Zeit wieder den ganzen Haushalt schmiss, mich als Einjährige herumtrug, gekocht hatte, wenn Sigrid aus der Schule kam, und meine Eltern mit der ihr angeborenen ostpreußischen Art (kommst du heute nicht, kommst du morgen) beruhigte. Außerdem schwebte Frida auf Wolke sieben. Hatte sie doch, inzwischen 23-jährig, seit einem halben Jahr die Liebe ihres Lebens gefunden.

Dann war es so weit, mein Vater hatte die Prüfung bestanden. Stolz führte er jetzt den Titel Zollhilfsangestellter a.P.

Eydtkuhnen 1938, Franz als Zollangestellter

Endlich hatte man wieder einen Grund zum Feiern und diesmal war auch Fridas Freund Reinhold dabei. Für meine Eltern war diese feste Beziehung Fridas sehr wichtig. Man war der Meinung, dass sie nun wirklich alt genug wäre, ihr eigenes Leben zu meistern. Außerdem wusste man, dass mein Vater mit einer Versetzung rechnen musste und ein Umzug anstand.

Geschockt war meine Mutter jedoch, als sie von ihrem Mann erfuhr, der neue Arbeitsplatz sei in Johannisburg und müsse bereits am 1.12.1938 eingenommen werden.

Ausgerechnet nach Masuren sollte es gehen, dorthin hatte es sie noch nie verschlagen. Eine wunderschöne Landschaft solle es in der Johannisburger Gegend geben, davon hatte sie bereits gehört. Gehört hatte sie aber auch den seltsamen Spruch »Wo sich endet die Kultur, da beginnt sich der Masur«.

Wieder würde man Grenzbewohner, doch diesmal nicht zu Russland oder Litauen, sondern zu Polen im südlichsten Ostpreußen. Lipniken hieß das Dorf, das unsere neue Heimat werden sollte, 15 Kilometer von Johannisburg entfernt.

So reisten meine Eltern alleine im September 1938 zur Vorbesichtigung in diese für sie neue Gegend. Mit gemischten Gefühlen kamen sie zurück, vor allem meine Mutter schien dieser kleine Ort am Ende der Welt zu liegen. Meine Schwester Sigrid erfuhr, dass es in Lipniken nur so wenige schulpflichtige Kinder gäbe, dass der vor Ort ansässige Lehrer nur ein Klassenzimmer, in dem alle Kinder gemeinsam unterrichtet würden, hätte. Ganz wohl war ihr bei diesem Gedanken nicht. Außerdem hatte sie sich auf das in Aussicht gestellte Reihenhaus, in welches wir einziehen sollten, schon so gefreut. Endlich ein eigenes Haus mit eigenem Garten, diese Vorstellung ließ sie auch die Trennung von ihren Freundinnen in Eydtkau verschmerzen.

Doch auch daraus würde nichts, erfuhr sie. Alle fünf Reihenhäuser, die dem Hauptzollamt Johannisburg gehören, seien besetzt. Mit ihren neun Jahren kam sie schließlich zu dem Schluss, »auf die Erwachsenen ist einfach kein Verlass«. Nur die Mitteilung meiner Eltern, dort bestände die Möglichkeit der Anschaffung eines Tieres, Platz dafür gäbe es mehr als genug, versöhnte sie wieder. Als Alternative zu dem Reihenhaus kämen wir in einem Backsteinhaus, das dem Bürgermeister des Ortes gehöre, unter. Die ganze obere Etage stände uns zur Verfügung und einen Garten hätten wir dort auch, erfuhr Sigrid weiter, und damit war die Sache erst einmal erledigt.

Nun gab es genug zu tun, den Umzug vorzubereiten. Mein Vater freute sich auf die neue Aufgabe, allerdings kam er mit immer neuen Meldungen, die mit dem Vorgehen Adolf Hitlers zu tun hatten, nach Hause. Man hörte, dass Österreich sich dem Deutschen Reich angeschlossen hätte, dass Danzig wieder zum

Deutschen Reich gehöre, dass es eine exterritoriale Autobahn und Bahnlinie durch den Korridor gäbe.

Meine Mutter war vor allem darüber erfreut, dass Hitler den Nichtangriffspakt, Polen betreffend, verlängerte und die polnischen Grenzen garantierte. Schließlich lag der zukünftige Wohnsitz ganz nah an Polen, sodass sie zuversichtlich daran ging, die vielen Maßnahmen, die mit dem Umzug eines ganzen Haushaltes und zwei Kindern nötig waren, zu bewältigen.

Alles klappte hervorragend und mitten im tiefsten ostpreußischen Winter erreichte die ganze Familie Lipniken.

Das Leben in Masuren - Idylle pur

Wie sah unser neues Zuhause aus?

Ein ansehnliches, aus roten Backsteinen gebautes Haus, umgeben von vielen Stallungen. Zum Eingang des Hauses kam man über den mit Pflastersteinen belegten großen Innenhof. Das Haus bestand aus Parterre und der ersten Etage. Im unteren Bereich lebte die Familie des Bürgermeisters. Vom Eingangsbereich ging eine große Holztreppe zu unserer Wohnung. Die Treppe endete zunächst in einem mit zwei Fenstern versehenen Vorraum, ähnlich einer Tenne ganz aus Holz bestehend. Dieser Raum wurde in der Zukunft vor allem im Sommer bei schlechtem Wetter als Spielfläche genutzt.

Drei Türen gingen von diesem Vorraum ab. Hinter der ersten Tür befand sich unser Waschraum. Er diente auch als Badezimmer, eine große Zinkwanne wurde am Wochenende mit Badewasser gefüllt, in der meine Schwester Sigrid und ich abgeseift wurden. Hinter der zweiten Tür lag das Zimmer der Arbeiter des Bürgermeisters.

Die dritte Tür führte in unsere Wohnung. Ein langer dunkler Korridor war nach heutigen Wohnansichten nicht gerade einladend, wenn die abgehenden Zimmertüren geschlossen waren. Von diesem Flur ging es links in das Schlafzimmer, etwa 40

Quadratmeter groß. Zwei damals übliche Fenster in der Größe ein mal ein Meter, zur Südseite gelegen, machten diesen Raum lichtdurchflutet. Sah man von hier aus nach draußen, dann erblickte man einen großen Garten, der zur Dorfstraße durch einen Holzzaun abgetrennt war. Man sah eine große Pferdekoppel, hatte einen herrlich weiten Blick in die Natur.

Nun zurück zum Korridor, er war etwa acht Meter lang und eineinhalb Meter breit. In diesem langen Flur stand ein großer dunkler Kleiderschrank, in dem es immer nach Mottenkugeln roch, da hier jeweils die Kleidungsstücke untergebracht wurden, die man jahresbedingt nicht benötigte.

Am Ende des Ganges, der dunkle Holzdielen hatte, betrat man das Wohnzimmer. Nach heutigen Maßstäben ein kleiner Raum mit einem Fenster, in dem eine Sitzecke mit vier kleineren Sesseln und einem Couchtisch, ein Wohnzimmerschrank und ein geräumiger Esstisch mit Stühlen gerade Platz fanden. Direkt neben der Eingangstür stand der gemütliche Kachelofen, der mit seinen dunkelgrünen Kacheln und der Höhe von zwei Metern dem Raum die besondere Note gab.

Daneben die Tür in die Küche. Beide Türen aus Holz mit Kassetten-Einlagen und weiß gestrichen, die diesen Raum erdrückten und sich zudem von den dunklen Möbeln und der damals üblichen ebenfalls dunkel gehaltenen Tapete stark absetzten.

Nun zu der Küche, dem Raum, in dem sich tagsüber alles abspielte. Auch hier gab es nur ein Fenster, so wirkte die Küche lang und schmal. Direkt neben der Eingangstür links befand sich die Kochstelle, ein großer Herd mit schwarzen Ringen, die sich zur Mitte hin verkleinerten und einzeln abgenommen werden konnten. Man schaute hier direkt ins Feuer, denn der Ofen wurde mit Brennmaterialien jeglicher Art bedient und war gleichzeitig dazu da, den Raum im Winter zu heizen. Da die Oberfläche des Herdes die Ausmaße von eineinhalb mal eineinhalb Metern hatte und die gesamte Fläche unterschiedlich warm war, hatte man reichlich Platz, um Töpfe und Pfannen zu ordnen. Außerdem hatte man immer heißes Wasser, denn ein mit Wasser gefüllter Behälter stand immer auf dem Ofen, was bei einer Familie mit Kleinkindern nicht ungefährlich war. Dem Ofen gegenüber befand sich der Essplatz, an derselben Wand ein großes Becken mit einem Wasserhahn darüber, aus dem nur kaltes Wasser kam. Das war das Spülbecken.

Direkt daneben gab es einen kleinen Abstellraum, in dem meine Mutter bewusst nichts hortete. Er diente mir als kleines Spielzimmer. Ich erinnere mich an eine Miniatur-Ausgabe unseres Küchenherdes, auf dem ich spielerisch Speisen zubereitete, zumal dann, wenn meine Mutter ebenfalls in der Küche wirkte und ich sogar eine brennende Kerze in den kleinen Ofen stellen durfte.

Das Fenster der Küche ging nach Osten, genau wie das des Wohnzimmers. An der anderen Wand stand der Küchenschrank mit unten zwei Türen, zwei Schubladen darüber und einem Aufsatz mit zwei Glastüren. Hier brachte man das Geschirr unter, was man täglich gebrauchte

Beleuchtet wurden alle Räume durch Petroleum-Lampen.

Dies sollte nun für die nächsten Jahre unsere Bleibe sein, obwohl man bei weiterer Beförderung meines Vaters auch mit einem Wohnortswechsel rechnen musste. Doch daran wollte man jetzt nicht denken.

Das erste Weihnachtsfest in der neuen Umgebung feierte man freudig allein.

Lipniken Weihnachten 1938
Anna-Maria, Töchter Sigrid und Hannelore, Franz

Mit der Bürgermeister-Familie, den Eigentümern unserer Wohnung, hatte man schnell Freundschaft geschlossen. Der

Kontakt zu den in Lipniken und näherer Umgebung wohnenden Familien der stationierten Zöllner war herzlich. Die Frauen trafen sich oft zum Kaffeeklatsch, brachten ihre Kinder mit, die bei entsprechendem Wetter unbeaufsichtigt draußen spielen konnten. Der kleine Ort bestand nur aus zwölf Häusern mit einer Dorfstraße, es war alles überschaubar.

Einmal in der Woche kam der Bäckerwagen aus dem drei Kilometer entfernten Gehsen. Er wurde von Pferden gezogen, sah einem Planwagen ähnlich, nur aus Holz bestehend mit zwei großen Türen.

Alle Kinder des Dorfes kannten die Ankunftszeit des Bäckers und versammelten sich rechtzeitig an der Straße. Die Zuckerschnecken hatte er immer reichlich in seinem Sortiment, sie waren bei den Kindern sehr beliebt.

Zur Freude der Eltern aller schulpflichtigen Kinder hatte das Dorf eine Schule vor Ort. Es handelte sich um ein rotes Backsteinhaus, in dem der Lehrer mit seiner Familie die obere Etage bewohnte. Sein Eingang lag an der Hinterseite des Hauses, während die Schulkinder von der Dorfstraße aus das Klassenzimmer betraten. Es gab nur einen Lehrer und einen größeren Raum für alle Kinder, etwa 20 an der Zahl. Ein imposanter Kachelofen beheizte diesen Raum.

Mein Vater brauchte zu seinem Arbeitsplatz in der Zollstelle nur fünf Minuten.

Lipniken 1939, Franz

Meine Mutter erkannte recht bald die Vorzüge, die sich hier boten, und genoss ihr angenehmes Leben. Der kleine Haushalt war schnell erledigt. Mittags wurde gemeinsam gegessen, in den meisten Fällen war auch unser Vater anwesend. Man verfügte über ein geregeltes Einkommen, zum Bummeln und Shoppen, wie man heute sagt, gab es die Kleinstadt Johannisburg mit etwa 6.500 Einwohnern.

Sigrid hatte ihre Schulfreundinnen aus Eydtkuhnen schnell vergessen. Sie knüpfte neue Kontakte und beschäftigte sich in ihrer Freizeit viel mit mir. Sie war in die 4. Klasse in die schon beschriebene Ein-Raum-Schule gekommen, hatte einen großen Vorsprung im Wissen. Der Lehrer war sehr erfreut über den Zugang dieser Schülerin, hatte er doch jetzt die Möglichkeit, auch zwischendurch den Klassenraum zu verlassen, um in der oberen Etage des Hauses auch außerhalb der Pause eine kleine Zwischenmahlzeit einzunehmen. Sigrid vertrat ihn dann würdevoll, sie hatte die etwa 20 weiteren Kinder voll im Griff, konnte den unteren Jahrgängen mit Rat und Tat zur Seite stehen.

Alles hätte so schön sein können, wären da nicht die immer neuen Meldungen, den Führer Adolf Hitler betreffend, gewesen.

Hier in Lipniken freute man sich nach dem eisigen Winter l938/39 mit viel Schnee auf den Frühling. Diese Stimmung wurde jedoch stark beeinträchtigt durch die Tatsache, als man im März 1939 von dem Vorgehen Hitlers in Prag hörte und als Grenzbewohner zu Polen die ständige Verschärfung der deutsch-polnischen Beziehungen spürte.

Als Hitler im April 1939 den deutsch-polnischen Nichtangriffspakt kündigte, kam mein Vater aufgeregt nach Hause und erzählte von einer großen Feindseligkeit der Polen und den einschränkenden Maßnahmen gegen die Deutschen im »Grenzzonengebiet«. Mit der erhofften Idylle und einem ruhigen Leben war es erst einmal vorbei, ohne noch Schlimmeres zu erahnen.

Ab sofort wurde auf dem großen Dachboden über unserer Wohnung jede Nacht Wache gehalten, da man von hier aus die Grenze nach Polen und den polnischen Nachbarort gut beobachten konnte. Durch die Meldungen, dass an vielen Stellen der Grenze Überfälle der Partisanen erfolgt seien, war die Bevölkerung sehr beunruhigt. Mein Vater war fast jede Nacht auf Patrouille in den Wäldern an der Grenze. Die Erwachsenen waren sehr bemüht, diese Spannungen vor den Kindern zu verbergen.

Meine Mutter, die wie schon erwähnt das Radfahren nicht gut beherrschte, hat sich eines Abends in der Dunkelheit, nachdem sie uns ins Bett gebracht hatte, in Lebensgefahr gebracht. Eine ihr zu Ohr gekommene Meldung wollte sie an meinen Vater weitergeben, setzte sich aufs Rad und fuhr in die ihr bekannte Wachstellung meines Vaters. Die Gewehre von ihm und seinen Kollegen waren schon auf sie gerichtet, zumal sie auch auf den ersten Befehl »Halt!« nicht reagierte. Man kann sich vorstellen, dass die Zurechtweisung nicht gerade freundlich ausgefallen ist. Später meinte sie, sie wisse auch nicht, was sie sich dabei gedacht habe.

Dann kam ein wunderschöner Sommer, Kontinentalwetter, wie man es sich wünscht. Auf heiße Tage kamen Regengüsse, die die Dorfstraße mit dem sandigen Boden so schön aufweichten und das Barfußlaufen für uns Kinder vergnüglich machten. Die Luft war seidenweich und rein.

Lipniken Sommer 1938, Tochter Hannelore

Wurde es zu heiß, dann hatten wir Kinder des Dorfes zur Abkühlung unseren kleinen Grenzfluss mit glasklarem Wasser. Allerdings wurde das bisher gute Verhältnis zu den polnischen Kindern immer schlechter, man wurde beschimpft und mit Steinen beworfen, was dazu führte, dass diese herrliche Baderei etwas eingeschränkt werden musste. Dem täglichen Ablauf der schönen Sommertage, wie nachmittägliche Besuche bei Freunden, das längere Aufbleiben von uns Kindern, Besuche von Verwandten zu uns, taten die Vorkommnisse keinen Abbruch. Man fühlte sich durch die vielen anwesenden Zollbeamten und deren Kontrollen auch sicher.

So stand auch wieder eine Reise nach Königsberg an. Onkel Willi und Tante Hertha und deren drei Kinder freuten sich auf unser Kommen. Meine Schwester und ich freuten uns auf das Treiben in einer Großstadt, den angekündigten Zoobesuch. Allerdings konnte meine Mutter dem linientreuen Verhalten ihrer Schwägerin zum Führer nichts abgewinnen. Sie vermied jedoch große Auseinandersetzungen.

Dann kam der 1. September 1939, und es geschah das, was viele der ostdeutschen Bevölkerung mit Sorge kommen sahen: der deutsche Angriff auf Polen. Da man jedoch noch Ende August von dem deutsch-sowjetischen Nichtangriffspakt gehört hatte, wurden gut informierte Bürger sicher misstrauisch, doch allgemein vertraute man dem Führer.

Hier in Lipniken waren diese politischen Intrigen kein großes Gesprächsthema, man hatte genug mit der intensiven Bewachung der polnischen Grenze zu tun und wollte auch wieder zur Normalität zurückkehren. Zumal in der Familie Krieg-Dietrich auch wieder eine Feier anstand. Reinhold, der Freund der jüngsten Schwester Frida, wurde zum Militär eingezogen. Auf die Schnelle wurde die Hochzeit geplant. So traf sich die ganze Familie am 21.10.1939 noch einmal in Eydtkau.

Eydtkau 21.10.1939, Hochzeit Schwester Frida

Verständlicherweise wurde auf dieser Feier viel diskutiert, es gab sehr unterschiedliche Meinungen zu den Ereignissen. Doch eins war klar, man war stolz als Mann, dem Führer dienen zu dürfen! Hier hörten meine Eltern, dass bereits am 27.9.1939 Warschau kapitulierte, dass sowjetische Truppen auch in Ostpolen schon einmarschiert seien, dass wieder neue Grenzen gebildet würden. Man merkte schnell, wie wenig bisher nach Lipniken durchgedrungen war. Dort unten hörte man vor allem von den Gräueltaten der Polen, die sehr einseitig geführte Propaganda funktionierte vortrefflich und schürte den Hass.

Im Sommer 1940 wurden politische Themen erst einmal zu den Akten gelegt, es galt die ganze Fürsorge meiner Person. Hatte ich mich doch durch den Verzehr von ungewaschenen Möhren, die ich unbeaufsichtigt aus unserem Garten entwendet hatte, mit einem Darmpilz infiziert. Dieser Pilz war so hartnäckig, dass ich mehr als zwei Wochen keine Nahrung bei mir hielt, abmagerte und das Schlimmste befürchtet wurde. Nur eine alte masurische Frau, der der Ruf des Besprechens vorausging, rettete mein Leben. Sie hatte meiner Mutter den Rat gegeben, mir teelöffelweise in Wasser gekochtes Stärkemehl (Mondamin) so oft wie möglich zuzuführen. Wie mir meine Schwester Sigrid erzählte, sei ich im Kleinkindalter sehr faul gewesen, wollte immer getragen werden und hatte Gott sei Dank für diesen Vorfall einiges an Gewicht zuzusetzen.

Bekanntlich kommt ein Unglück nie allein.

Kaum war ich wieder auf den Beinen, bekamen wir die Nachricht, dass sich der Mann von unserer lieben Tante Frida im Lazarett in der Garnisonsstadt Insterburg befände. Den Reinhold musste man besuchen, schließlich war er mein Patenonkel.

Es war ein herrlicher Spätsommertag. Onkel Reinhold, durch eine Beinverletzung am Stock gehend, begleitete uns durch Insterburg in ein Café. Dort nahm man auf der mit Geranien üppig geschmückten Terrasse Platz und erfreute sich an der angeregten Unterhaltung. Sigrid mit elf Jahren tat diese Abwechslung nach dem Einerlei auf dem Lande gut, sie lauschte den Gesprächen. So ging ich mit gerade drei Jahren meinen eigenen Interessen nach. Eine kleine quirlige Stadt mit etwa 49.000 Einwohnern und vielen Schaufenstern musste man erkunden, dachte ich sicher. Ich wechselte auch die Straßenseiten, weil es überall etwas Neues zu sehen gab, bis ich nicht mehr weiter wusste und zu einem heulenden, in Panik geratenen kleinen Wesen wurde. Es kam zu einem Menschenauflauf und die auf mich niederprasselnden vielen Fragen brachten nur ein Stammeln der Worte »Mama, Tante, Onkel, Terrasse und Blumen« als Antwort aus mir heraus.

Insterburg

In der Zwischenzeit war mein Verschwinden bemerkt worden und es kam zu der Familienzusammenführung mit dem Urschrei »Mama!« meinerseits, der mit einem immer schneller werdenden Lauf in die Arme meiner Mutter endete. Meine Mutter erzählte mir, dass sie diesen schrillen Schrei noch lange im Ohr gehört hätte.

Aufgrund dieses aufregenden Ereignisses war man wieder froh, in Lipniken zu sein.

Die politischen Ereignisse konnte man auch hier jetzt besser verfolgen, ein mit Akku betriebenes Radio, der sogenannte Volksempfänger, war die neueste Errungenschaft. Mein Vater achtete penibel darauf, dass der Akku immer rechtzeitig aufgeladen wurde. Dazu musste er immer die kleine Reise nach Johannisburg antreten.

1941 erfuhr man, dass aufgrund eines Vertrages mit der Sowjetunion die Deutschen aus dem Baltikum umgesiedelt würden, was die Menschen im südlichsten Teil Ostpreußens mit Gelassenheit hinnahmen. Der Norden war weit weg, so die Gedanken der meisten Bewohner und meiner Eltern.

Außerdem war meine Mutter wieder schwanger. Es sollte doch endlich ein Junge den Namen Krieg in unserer Familie sichern. Die Schwangerschaft verlief ohne Komplikationen, mein Vater war immer in der Nähe, und so konnte er seine Frau Anna-Maria am 1. Juli 1941 auf den Weg in die Klinik nach Johannisburg begleiten. Am nächsten Tag ohne Beisein des Vaters wurde wieder ein Mädchen geboren, das auf den Namen Irene-Marlies getauft wurde.

Aus Enttäuschung darüber, dass es wieder nicht zu einem Stammhalter gereicht hatte, musste mein Vater sich überwinden, das gesunde Baby zu begutachten. War sein Mannesstolz so groß in ihm oder fürchtete er sich nur vor den Hänseleien seiner Kameraden? Meine Mutter hatte mit diesem Verhalten ihres Mannes lange ein Problem.

Wie dem auch sei, unsere Schwester Irene, immer nur Reni gerufen, entwickelte sich zu der Hübschesten in unserem Drei-Mädel-Haus, was wir zwei Größeren immer ohne Neid mit Stolz feststellten.

Sigrid, die während des achttägigen Krankenhausaufenthaltes unserer Mutter den ganzen Haushalt schmiss und mich hervorragend versorgte, bekam ab und zu Unterstützung von einer ebenfalls im Dorf lebenden befreundeten Familie.

Lipniken 1941,
von likns: Franz und Anna Maria,
davor Töchter Sigrid und Hannelore

Sie ging der Mutter auch bei der Pflege ihrer kleinen Schwester Reni gerne zur Hand. Als Onkel Otto mit seiner Frau Grete und unserer Cousine Ursel aus Elbing anreisten, um die kleine Erdenbürgerin zu bestaunen, gab es ein gemütliches Beisammensein.

Lipniken 1941
Bruder Otto mit Frau Grete
und Tochter Ursel

Wir Kinder nutzten diese Zeit in der unberührten Natur und bemühten uns, die ersten Pfifferlinge, die es in dieser Gegend in Mengen gab, zu finden.

Lipniken 1941
Töchter Sigrid und Hannelore
mit Nichte Ursel (von links)

Die letzten Schwangerschaftswochen und die Geburt unserer Reni ließen auch den am 22.6.1941 erfolgten Angriff auf Russland etwas in den Hintergrund rücken, allerdings sprach man hinter vorgehaltener Hand von Größenwahn des Führers. Als im April 1941 deutsche Truppen in Griechenland, Jugoslawien und Nordafrika einmarschierten, war die Stimmung noch eine etwas andere. Man vertraute dem Führer, man hatte das »Große Deutsche Reich« vor Augen.

In Lipniken spürte man kaum etwas von den kriegerischen Auseinandersetzungen in der Welt, man fühlte sich sicher. Hier hatte man nur mit den hinterhältigen Angriffen der Polen zu kämpfen. Deutsche Försterfamilien wurden bei nächtlichen Überfällen umgebracht. Der Bürgermeister des Ortes, bei dem wir wohnten, bekam den Hass der Polen durch Überfälle mehrfach zu spüren. So mussten wir einige Male mitten in der Nacht die Flucht ins Innere des Landes antreten, um kein Risiko einzugehen.

Ich erinnere mich noch genau an eine Flucht vor den Partisanen im Sommer 1942. Wir kühlten unsere Körper in dem nahe liegenden Grenzfluss am Spätnachmittag ab, da verbreitete sich in Lipniken die Meldung, die Polen würden heute Nacht alle Häuser des Dorfes in Brand stecken.

Meine Mutter, unsere Schwester Reni auf dem Arm, unterbrach unser Vergnügen abrupt. Sigrid hatte nicht einmal Zeit, ihren nassen Badeanzug gegen eine trockene Hose zu tauschen. Gemeinsam mit der Freundin meiner Mutter und ihren zwei Kindern traten wir die Flucht über Stoppelfelder an. Ohne uns jemals umzuschauen, ging es weiter, immer weiter, weg von der Grenze. Wie lange wir unterwegs waren, weiß ich nicht. Es war gespenstisch, die abgemähten Felder schienen endlos, dann immer wieder Tannenschonungen, die wir durchqueren mussten. Der Vollmond stand sichtbar am Himmel und beleuchtete unseren Weg,. Und immer saß uns die Angst im Nacken.

Bei einem Bauern, der uns in eine Scheune mit Stroh führte, fanden wir mitten in der Nacht Unterkunft. Meine Schwester Sigrid hatte sich durch die Nässe des Badeanzugs die Innenseiten der Oberschenkel wund gelaufen und war auch noch zu allem Unglück so erschöpft im Stroh eingeschlafen, ohne zu bemerken, dass der Untergrund des Nachtlagers eine kleine Maschine mit Zinken war, die durch das Stroh nicht sichtbar war. Die Folge war, dass sie sich erhebliche Wunden am Rücken zugezogen hatte.

Am nächsten Tag konnten wir wieder zurück nach Lipniken. Keiner hat es später erfahren, ob es ein Fehlalarm gewesen war. Man wollte den Spuk auch schnell wieder vergessen. Für die Verwandtschaft wurde im Sommer 1942 noch ein Foto geschossen. Ahnten meine Eltern damals, dass Erinnerungen dieser Art vielleicht einmal wertvoll werden würden?

Lipniken 1942, Anna-Maria und Franz
mit den Töchtern Irene, Hannelore und Sigrid

Im eisigen Winter 1942/43 hörte man von den ersten Verwundeten im Russlandkrieg.

Auf dem Hof und in den Stallungen, also genau vor unseren Augen, nahm eine ganze Garnison von Soldaten Stellung. In unserer nicht sehr geräumigen Wohnung wurde ein Spieß, gebürtiger Düsseldorfer, einquartiert. Er hatte seine Schlafstelle in unserem Wohnzimmer, was unseren Aufenthalt vermehrt auf die Tenne, das Schlafzimmer und die Küche begrenzte. Gott sei Dank war der Sommer 1943 ein trockener, warmer, der die Situation erträglicher machte. Seinen Burschen, mit Namen Jonny, einen Flieger, der durch eine Falschmeldung zum Stiefelputzen degradiert worden war, liebte ich besonders. Ich erwartete ihn auf der Treppe sitzend am Eingang des Hauses, denn die von ihm mitgebrachten süßen Drops schmeckten mir besonders gut.

War es Bestimmung, dass ich mit sechs Jahren ausgerechnet einem Düsseldorfer im abgelegensten Teil Ostpreußens begegnete? Der unverkennbare rheinische Tonfall in seiner Aussprache machte mich neugierig, seine Gemütlichkeit beeindruckte auch die Erwachsenen. Was mir jedoch nicht gefiel, war der Befehlston Jonny gegenüber. Warum dieser Düsseldorfer Mensch immer nach dem Genuss eines Glases Rotweines das Lied »Unter der roten Laterne von St. Pauli« anstimmte, ist mir bis heute ein Rätsel geblieben.

Auf alle Fälle hatte meine Mutter ab dem Beginn der Einquartierung immer küchenfrei. Die Gulaschkanone belieferte uns jeden Tag mit schmackhaftem Essen. Dieses war das Erfreulichste an dem ganzen Aufmarsch so vieler Leute.

Erschreckend war der Anblick für uns Kinder, wenn Soldaten als Folge eines Fehlverhaltens über das Kopfsteinpflaster des Hofes robben mussten, bis das Blut durch den Ärmel an der Stelle des Ellbogens sichtbar wurde. Oder wenn Soldaten im Kartoffelbunker eingesperrt wurden, was mich veranlasste, meine Mutter zu bitten, Reibekuchen (in Ostpreußen hießen sie Flinsen) zu backen, die ich dann heimlich den eingesperrten Soldaten durch die kleinen Gitterfenster zukommen ließ.

Ich erinnere mich, bei einem Besuch eines Generals an der Dorfstraße gestanden zu haben, nicht verstehend, warum diesem Menschen, der in einem Cabriolet anreiste, so viel Achtung erwiesen wurde. Das Stiefelknallen beim Strammstehen und der seltsame Gruß wirkten auf mich wie eine Theateraufführung.

Auch meine Mutter konnte mir dann keine glaubwürdige Antwort auf meine Fragen geben, sie wich aus mit den Worten: Das verstehst du nicht, dazu bist du noch zu klein.

Froh war ich, wenn ich mit meinen beiden Gänsen und einer Decke unter dem Arm auf die Wiese an der Dorfstraße spazieren konnte. Die Gänse folgten mir auf Schritt und Tritt. Zu diesem Federvieh waren wir eigentlich unfreiwillig gekommen. Mein Vater hatte beim letzten Zollfest vor seinem Einzug zum Militär bei der Tombola eine Gans gewonnen. Dieses Tierchen sollte nicht alleine leben, so kauften meine Eltern eine zweite Gans dazu. Ich übernahm gerne die Aufgabe des Gänsehütens und die Verpflichtung, dass sie abends wohlbehalten in den Stall kamen.

Wie schon erwähnt, war mein Vater inzwischen eingezogen worden, aufgrund seiner Größe von nur 1,72 Meter kam er zu einer Panzerdivision und wurde in der Heidelberger Gegend stationiert. Meine Mutter, mit einer gewissen Reiselust behaftet, nutzte diese Gelegenheit, ihn dort zu besuchen. Unsere große Schwester Sigrid und die befreundete Familie betreuten Reni und mich in dieser Zeit. Mit begeisternden Eindrücken kam sie von der Reise zurück, erzählte von Heidelberg und dem wunderschönen Rhein. Aber auch von dem Erfahrenen, was wirklich in der Welt geschah und der Krieg für ein Unheil anrichtete.

Die meisten Zollbeamten waren inzwischen eingezogen worden und erschienen zu einem ersten Besuch bei ihren Familien, was wiederum im August l943 mit einem Foto festgehalten wurde.

Lipniken 1943
Anna-Maria mit Töchtern (links)

Zu dieser Zeit erhielten wir auch die Einladung nach Königsberg zur Taufe des vierten Kindes.

Ich denke, keiner von den Anwesenden ahnte, dass dieses Treffen in dieser Stadt das letzte sein würde. Onkel Willi hatte Fronturlaub. Tante Hertha war eine Hitler-Verehrerin wie aus dem

Bilderbuch. Das Führerbild hing an der Wand, jetzt fehlte nur noch ein blonder Mensch mit blauen Augen, reinrassig.

Das Mädchen wurde auf den Namen Erika getauft.

Königsberg August 1943, Bruder Willi mit Frau Herta und Kindern

Die ganze Zeremonie ertrug meine Mutter nur, weil sie ihren Bruder noch einmal sah. Man wusste ja nie, was geschah. Mir ist dieser Besuch auch in Erinnerung, weil meine drei Cousins und ich vor dem Mittagsschlaf immer eine Vitaminpille schlucken mussten, ob wir wollten oder nicht. Nur den Mittagsschlaf konnte ich mit Unterstützung meiner Mutter verweigern, für die eigenen Kinder gab es kein Pardon.

1944
Das letzte Jahr in Lipniken

Am 10.4.1944 ging Sigrid zur Konfirmation in einem weißen Kleid. Diesen weißen Kreppstoff hatte mein Vater in Frankreich, seinem damaligen Panzerstützpunkt, erstanden. Zur Einsegnung bekam er jedoch keinen Urlaub, sodass bis auf Sigrids Patenonkel Arthur dieses Fest in Frauenhänden lag.

Den Blumenschmuck hatte Onkel Arthur mit viel Liebe gestaltet, die in dem Korb eingepflanzten roten Tulpen hatte er im Gewächshaus vorgezogen, sonst hätten sie zu dieser Jahreszeit noch nicht so herrlich geblüht.

Lipniken 10.4.1944
Konfirmation Tochter Sigrid

Schwängerin Minna, Sigrid, Anna-Maria,
Schwägerin Berta (Mittelreihe von links)

Jetzt stand auch meine Einschulung auf dem Programm. Von diesem Tag ist weder mir noch meiner Schwester Sigrid etwas in Erinnerung. Es herrschte schon eine große Unruhe in Lipniken. Die Erwachsenen, meistens nur Frauen, machten sich große Sorgen. Man hörte von den vielen Gefallenen, von den Bombenangriffen auf die westlichen Großstädte.

Ich ging ab diesem Zeitpunkt in die Dorfschule. Sigrid war im letzten Schuljahr und sollte aufgrund ihrer herausragenden Leistungen auf die Adolf-Hitler-Schule nach Berlin kommen.

Genervt kam ich jeden Tag aus der Schule, denn die Anwesenheit meiner Schwester in derselben Klasse und die Tatsache, dass sie zwischendurch auch noch den Lehrer vertrat, gefiel mir absolut nicht. Außerdem langweilte ich mich während des Unterrichts, hatte ich doch häufig bei den Schulaufgaben von Sigrid neben ihr gesessen. Mit viel Geduld hatte sie mir das Schreiben einzelner Buchstaben schon vor meinem Schulbeginn beigebracht, auch das Lesen von leichten Texten bewältigte ich schon. Was sollte ich deshalb dort die Stunden absitzen, war meine Meinung zu dieser Zwergenschule! Es war kein schöner Schulbeginn für mich, fand ich, stieß aber damit auf kein Verständnis bei meiner Mutter.

Im Herbst 1944 hatte mein Vater vor seinem Einsatz mit der Panzerdivision nach Russland noch einmal die Gelegenheit, seine Familie zu besuchen. Ich denke, zu dieser Zeit hatte er schon den Eindruck gewonnen, dass der Krieg verloren war. Er redete auf meine Mutter eindringlich ein, die erste Evakuierungs-Möglichkeit mit uns zu nutzen.

Ich bekam mit, dass meine Mutter emsig damit beschäftigt war, die Kleidungsstücke meines Vaters in große Holzkisten zu packen. Vor allen Dingen die Winterbekleidung, die in den meisten Fällen innen und außen mit Pelz versehen war, lag ihr am Herzen. Sigrid unterstützte sie dabei emsig, und man war sichtlich erleichtert, als die Kisten in unserem Stück Garten vergraben waren, zumal der Boden noch nicht gefroren war.

Etwas, was vor allem mir heute noch so lebhaft in Erinnerung ist, musste in Eile geschehen. Meine geliebten Gänse konnten wir doch nicht ihrem Schicksal überlassen, versuchte mir meine Mutter klarzumachen. Sie waren eines Tages verschwunden, ich saß heulend in dem Stall, erinnerte mich der lieben Tiere. In meiner Wut über eine solche Handlung schwankte ich zwischen Schmerz und Rachegefühlen. Ich sehe heute noch die großen Einweckgläser vor mir, die in der Speisekammer verschwanden. Für eine diskretere Behandlung dieses für ein Kind schrecklichen Vorfalls war kein Platz und keine Zeit.

Die Flucht aus Lipniken
Totensonntag 1944

Zwei Tage vor Totensonntag 1944 war meine Mutter mit uns nur damit beschäftigt, sich bei allen liebgewonnenen Menschen zu verabschieden. Sie hatte als eine der ersten Familien aufgrund der Tatsache, Mutter eines Kleinkindes von gerade drei Jahren zu sein, die Mitteilung zur Evakuierung erhalten. In diesen Tagen flossen viele Tränen. Der Weg, vielleicht ein letztes Mal, zu den Reihenhäusern mit den Angehörigen der Zollbeamten fiel schwer. Hatte man doch mit Frau Libuda und ihrem mit mir gleichaltrigen Kurt, mit Frau Pitrowski mit ihrem Eckhard so viele schöne Stunden verbracht. Was waren die Feierlichkeiten im Sommer in den Gärten doch fröhlich gewesen! Alle diese Gedanken beim Abschiednehmen vermischten sich mit der Angst vor der Zukunft.

In unserer Wohnung wurden die Korbmöbel im Wohnzimmer mit weißen Laken abgedeckt, um sie vor dem Verstauben zu schützen. Die letzte Nacht haben wir in unbezogenen Betten geschlafen, alle Kleidungsstücke lagen für den nächsten Morgen zum Anziehen bereit. Die Gepäckstücke mit dem Nötigsten waren gepackt. Ich bin sicher, meine Mutter hat in dieser Nacht kein Auge zugetan.

Am frühen Morgen des Totensonntags stand ein mit zwei Pferden bespannter Leiterwagen vor unserem Haus. Es war ein bitterkalter Tag. Seit Mitte Oktober dieses Jahres hatte es viel geschneit. Mit einer herzlichen Umarmung mit den Verbliebenen der Bürgermeisterfamilie, einem Dankeschön für die schöne Zeit in ihrem Hause, endete die Verabschiedung, die mit vielen Tränen verbunden war.

Unsere wenigen Habseligkeiten wurden auf dem Leiterwagen verstaut, wir hüllten uns in die vielen warmen Decken, und die Fahrt ins Ungewisse begann. Die Straße nach Johannisburg, wo uns der Zug erwartete, war vom Schnee gerade so weit geräumt, dass der Pferdewagen durchkam.

Ich habe diese Fahrt so im Gedächtnis, dass es sehr bedrückend war, ja sogar ein wenig gespenstisch. Es flossen keine Tränen mehr, es herrschte eine unheimliche Ruhe. Nur die Sonne, die die imposante weiße Landschaft beleuchtete, machte diese Situation für uns Kinder etwas erträglicher.

Am Bahnhof in Johannisburg angekommen, war es hier nicht anders, als ich es von dem Bahnhof bei unseren Reisen zu der Verwandtschaft kannte. Nur der Zug war voll, es gab noch kein Chaos, alles war gut organisiert. Meine Mutter hörte, dass vor uns schon einige Züge Johannisburg verlassen hätten, alle Richtung Westen. Wir machten es uns in unserem Abteil bequem, und los ging die Reise. Mit Nahrungsmitteln hatte man sich genügend eingedeckt. Schnell hatte man bemerkt, dass es durch die vielen Züge vor uns auf dieser Strecke oft einen Stillstand gab. Gott sei Dank wusste man hier im Zug nicht, dass der Aufenthalt der Züge weiter im Norden durch Tieffliegerangriffe verursacht wurde.

Wir müssen etwa drei Tage unterwegs gewesen sein, denn der Zug fuhr die Strecke Allenstein, Osterode, Marienburg, Danzig, Stettin. Je näher wir dem Norden kamen, umso chaotischer wurde auch die Situation auf den Bahnhöfen. Wenn man aus den Fenstern des Zuges schaute, erblickte man nur Menschenansammlungen und voll gestopfte Straßen.

Meine Mutter versuchte meine Ungeduld durch die ermahnenden Worte: »Liebe Hannelore, uns geht es doch gut, wir sitzen im Warmen und haben noch zu essen und trinken.« zu zügeln. Abwechslung auf dieser Reise brachte die Betreuung meiner kleinen Schwester Reni.

Zwischenstation in Birkenwerder bei Stettin

Es war draußen bereits dunkel, wir waren vor Langeweile eingeschlafen, als wir den Stettiner Bahnhof erreichten. Der einsetzende Fliegeralarm mit den dazugehörigen Signalen rüttelte uns Kinder wach. So etwas Schreckliches kannten wir nicht. In Windeseile mussten wir aus dem Zug und in den in unmittelbarer Nähe gelegenen Luftschutzbunker. Da wir von diesen Schrecken des Krieges bisher nichts mitbekommen hatten, konnten wir an den Gesichtern der Erwachsenen erkennen, dass es hier um Leben und Tod ging. Instinktiv versuchten wir, in diesem Gedränge zusammenzubleiben, nicht unsere Mutter mit Reni auf dem Arm aus den Augen zu verlieren, was uns auch gelang. Auch hier war unsere große Schwester Sigrid mit ihren vierzehn Jahren eine große Stütze für unsere Mutter.

Ich habe keine Vorstellung, wie lange dieser Angriff dauerte, ich merkte nur, dass man selbst im Bunker noch die Einschläge in der Nähe spürte, dass man jedes Mal zusammenzuckte. Ein Raunen und Erleichterung, die spürbar war, trat bei der hörbaren Entwarnung ein.

Dann ging es aus dem Bunker, und als wenn wir geführt wurden, bestiegen wir einen anderen Zug, der uns bis Gollnow, etwa 30 Kilometer von Stettin entfernt, brachte. Auch heute noch bin ich erstaunt darüber, wie reibungslos und perfekt nach einem derartigen Zwischenfall die vielen Menschen hin- und herbewegt wurden. Das war Logistik in hohem Maße. Ein Lob auch an die vielen Mütter mit ihren Kleinkindern, die Unmenschliches leisteten mit einer bewundernswerten Disziplin. Auf der anderen Seite weiß ich heute, dass wir bei dem Zeitpunkt unserer Flucht noch fast normale Verhältnisse hatten im Vergleich dazu, was in den Monaten des Jahres 1945 geschah.

In Gollnow auf dem Bahnhof standen bereits mehrere Pferdewagen bereit, die die Flüchtlinge in das kleine, 10 Kilometer entfernt liegende Bauerndorf Birkenwerder brachten, wir vier unter ihnen. Mitten in der Nacht kamen wir dort an und wurden in einem kleinen Bauernhaus untergebracht.

Beim Anblick der schwarz gekleideten, leicht gebückt gehenden Frau, die uns begrüßte, überfiel mich eine unbeschreibliche Angst. Schon das Berühren ihrer Hand elektrisierte mich, ich sah Hänsel und Gretel und die Hexe vor mir, das schreckliche Märchen lief vor meinen Augen ab. Selbst meine Mutter und Sigrid sagten kein Wort, sie waren wie versteinert, nur Reni schlief. Keiner von uns machte den Versuch, sich auszuziehen und die nicht einladenden Betten trotz großer Müdigkeit zu benutzen. Wir saßen die restlichen Stunden der Nacht auf der Bettkante ab und warteten auf das Morgenlicht.

Ich glaube, wir haben uns noch nicht einmal von dieser alten Frau verabschiedet, sondern schnappten uns die kleinen Koffer, jeder das, wofür er verantwortlich war, und machten uns auf den Weg zum Bürgermeister. Meine Mutter sagte nur, auch in diesem kleinen Ort muss es einen Menschen geben, der uns weiterhilft.

Wie schon bei unserer Abreise aus Lipniken kam bereits am frühen Morgen die Sonne heraus, als wir auf der Dorfstraße Richtung Organisationsbüro, den Weg haben wir erfragt, durch den Schnee stapften. Ich merkte, dass meine Mutter fest entschlossen war, uns nicht noch eine Nacht in dem unheimlichen Haus zuzumuten.

In dem Augenblick, als wir das Büro betraten, beklagte sich eine Bäuerin aus dem Ort darüber, dass sie vergeblich auf Flüchtlinge in dieser Nacht gewartet hätte. Meine Mutter erläuterte ihre Bedenken, was die zugewiesene Unterkunft betraf, und wurde von dieser äußerst sympathischen, gütigen Frau mit Namen Hochschild in die Arme geschlossen. Wir wurden von ihr begrüßt, und keiner von uns wurde später den Gedanken los, dass dieses Zusammentreffen Fügung war, dass ein Schutzengel Schicksal spielte.

So gingen wir die Dorfstraße, es gab nur eine, wie wir jetzt erfuhren, wieder zurück an den Anfang des kleinen Ortes. Ein schmuckes, sehr gepflegtes Bauernhaus erwartete uns. Ein weiß-grün gestrichener Zaun schirmte mit einem Vorgarten den Eingang von der Straße ab. Alles war einladend und freundlich. Das größte, zum Süden liegende mit zwei Fenstern versehene Zimmer erwartete uns. Vor lauter Freude über dieses Heim sprang ich, mir nur schnell die Schuhe ausziehend, auf ein Bett und machte einen Purzelbaum. Wir konnten unser Glück nicht fassen.

Nach einer kurzen Führung durch das Haus mit der Bemerkung von Frau Hochschild: »Liebe Frau Krieg, das steht Ihnen alles zur Verfügung.« und einer kleinen Katzenwäsche wurden wir zum Frühstück gebeten. Wir nahmen an einem mit Nahrungsmitteln reichlich gedeckten Tisch, selbst das Frühstücksei fehlte nicht, Platz und lernten den Hausherrn und die übrige Familie kennen.

Mit diesem Tag begann eine innige Freundschaft zu dieser Familie, eine Hochachtung zu dem Ehepaar, das sehr gläubig war und danach auch lebte. Noch schöner ist das Gefühl des heutigen Wissens, dass es nach Beendigung des Krieges das erste Bestreben meiner Mutter war, diese Familie wiederzufinden, um ihr zu danken und eventuell etwas an Hilfe zurückgeben zu können, was ihr durch das Rote Kreuz auch gelang, doch dazu später.

In Birkenwerder fühlten wir uns wie zu Hause. Die reichlich gefüllte Speisekammer stand uns wie selbstverständlich zur Verfügung.

Mit Richard, dem Sohn der Familie, gingen wir zum eigenen Fischteich, sahen ihm zu, wenn er für das sonntägliche Mittagsmahl, zu dem wir stets eingeladen waren, unter anderem einen Zander aus dem Wasser angelte. Dieser Zander wurde von Frau Hochschild mit einem Können zubereitet, dass jeder Fernsehkoch heute vor Neid erblassen würde. Man kann sich vorstellen, wie solch ein Mahl mundete. Auch der Geruch des selbstgebackenen Brotes, wenn es aus dem auf dem Hof stehenden Backhaus geholt wurde, ist unvergesslich.

Natürlich war auch hier die Rede von der näher rückenden Front, man bekam die vielen Bombenangriffe auf Stettin insofern mit, dass man am Himmel vor einem Angriff bei klarer Sicht die vielen Tannenbäumchen als Markierung sah und nach dem Bombardement in der Ferne ein rotes Feuermeer erkennbar war. Trotzdem hatte man die Hoffnung, dass die hier ansässigen Menschen ihre Heimat nicht zu verlassen brauchten.

Wahrscheinlich auch aus diesem Grund hatte meine Mutter die wahnwitzige Idee, noch einmal Lipniken aufzusuchen, um noch etwas an Kleidung, Tisch- und Bettwäsche, vor allem aber

Spielzeug für uns zu retten. Es gelang ihr tatsächlich, Anfang Dezember dorthin mit dem Zug zu gelangen, der ja bekanntlich in Johannisburg endete. Ein Pferdewagen brachte sie nach Lipniken, und die wenigen noch dort lebenden Leute konnten den Mut meiner Mutter nicht nachvollziehen, schüttelten nur den Kopf über so viel Unverstand und vor allem darüber, dass sie drei Kinder in dieser unruhigen Zeit verlassen hatte. Sie packte also in aller Eile die für sie wichtig erscheinenden Dinge in Kartons, auch das Fahrrad meiner Schwester Sigrid wurde per Stückgut Richtung Birkenwerder aufgegeben. Alle Dinge erreichten uns natürlich nicht mehr.

Wie durch ein Wunder, kann man heute wirklich sagen, schaffte sie es, uns wieder in die Arme schließen zu können.

Später sagte sie, sie wisse auch nicht, was damals in ihrem Kopfe vorgegangen sei, anscheinend sei die Realität zur Gefahr nicht mehr da gewesen.

Ende März 1945
Die Flucht geht weiter

Im Februar 1945 überschlugen sich die Meldungen über die schrecklichen Ereignisse, die mit dem Einmarsch der Russen im nördlichen Ostpreußen zu tun hatten. Jetzt hörte man auch, dass bereits am 12.1.1945 durch die sowjetische Winteroffensive an der Weichsel in wenigen Tagen die damaligen Reichsgrenzen überschritten worden waren, dass Masuren in der zweiten Januarhälfte 1945 von den Russen überrollt wurde. Man merkte, dass in den Monaten Januar bis März die gesamte ostdeutsche Bevölkerung unfreiwillig in Bewegung gebracht wurde, doch weiß man heute, dass sich weit über 5 Millionen deutsche Menschen auch noch nach der Kapitulation im Reichsgebiet ostwärts von Oder und Neiße, in Polen und im Gebiet der Freien Stadt Danzig befanden. Da man zu der damaligen Zeit von den sowjetisch-polnischen Plänen keine Kenntnis haben konnte, wollten viele Menschen ihre Heimat nicht verlassen, andere, die bereits auf der Flucht waren, schafften es nicht.

Auch die Familie Hochschild wollte das Weggehen von ihrer Scholle so lange wie möglich hinauszögern, doch war man innerlich darauf vorbereitet.

Für uns hieß es, Anfang März Abschied zu nehmen. Wie diese Trennung von den liebgewonnenen Menschen ausfiel, kann man sich denken. Richard, der Sohn der Familie, brachte uns mit dem wilden Rappen zum Bahnhof nach Gollnow. Mit viel Glück fanden wir in einem völlig überfüllten Zug Platz, es herrschte Chaos überall. Da mehrere Züge voreinander auf den Gleisen unterwegs waren, ging es eigentlich nur schrittweise voran. Immer wieder wurde man durch Tieffliegerangriffe in Panik versetzt.

In Stettin angekommen - wie lange wir für die kurze Strecke unterwegs waren, ist mir nicht bekannt -, mussten wir wegen Bombenalarms wieder aus dem Zug und spürten das Inferno im Luftschutzbunker. Die Menschen um uns herum waren wie versteinert.

Als der Spuk für kurze Zeit zu Ende war, ließen sich die Menschen nur treiben, auch meine Mutter mit uns dreien hatte sicher keinen Überblick mehr. Wir landeten wieder in einem Zug, Hauptsache er ging gen Westen.

Mir ist von dieser Reise bis Güstrow, unserer nächsten Zwischenstation, fast gar nichts mehr vor Augen. Die Flüchtenden konnten nur noch Tag und Nacht unterscheiden, denke ich. Ich war sicherlich mit der Krankheit meiner kleinen Schwester, die hohes Fieber bekommen hatte und fürchterlich rot am ganzen Körper war, beschäftigt. Sigrid hatte die Oberaufsicht über uns, während meine Mutter damit beschäftigt war, wenigstens etwas Trinkbares bei anderen Mitreisenden für die Kranke zu ergattern.

Wann wir in Güstrow aufgrund eines Tieffliegerangriffes wieder mit dem Zug zum Stehen kamen, entzieht sich meiner Kenntnis. Da sich der Krankheitszustand bei unserer Reni verschlechterte, man nahm an es sei Scharlach, verließen wir in Güstrow den Zug und kamen ins Auffanglager, in die Kongresshalle. Auch hier war keine Ärztin aufzufinden, jeder war mit sich beschäftigt. Man sah nur weibliche Erwachsene, ab und zu ein gebrechliches männliches Wesen. Der Rest der noch nicht eingezogenen Männer war ja noch ab Oktober 1944 zum sogenannten »Volkssturm« einberufen worden. Es wimmelte von Kindern, man schlief auf Tischen und Bänken, Stühle waren Mangelware.

Jetzt beim Schreiben dieser Zeilen wird mir so richtig bewusst, welche ungeheure Stütze unsere Mutter durch ihre älteste Tochter Sigrid mit ihren vierzehneinhalb Jahren hatte. Außerdem erkenne ich, wie belastet die Jungmädchen-Jahre für unsere älteste Schwester waren, für Unbeschwertheit aber auch für pubertäre Phasen war kein Platz.

Nicht zu vergessen die vielen Mütter, die über sich hinauswuchsen, die Unmenschliches leisteten.

Ich glaube, wir hatten in diesem Auffanglager drei Nächte hinter uns, als plötzlich mein Vater in einer schwarzen Uniform vor uns stand. Völlig fassungslos starrten wir ihn an, keiner von uns konnte das für Wirklichkeit halten. Es gab noch nicht einmal eine spontane Begrüßung, bis sich der Schock in Freude umwandelte. Wie es zu solch einem Zusammentreffen in den Wirren der letzten Kriegsmonate kommen konnte, lässt sich nur vermuten. Wahrscheinlich hatte durch den als Sanitäter eingesetzten Onkel Otto Funkverbindung zu den einzelnen in der Nähe stationierten Einheiten bestanden.

Mein Vater nutzte diesen einen Tag Fronturlaub dazu, eine Bleibe für seine Familie zu suchen, was ihm in Form eines kleinen Zimmers in der Gertrudenstraße bei Familie Mösel auch gelang. Jetzt erfuhren wir auch, dass dieser Onkel Otto ebenfalls in Güstrow im Lazarett die Verwundeten betreute und auch unsere Tante Grete mit Cousine Ursel nach vielen Wirrungen und Umwegen inzwischen von Elbing hier in Güstrow gelandet waren. Mein Vater, der dann direkt wieder nach Berlin zu seiner Panzereinheit musste, war sichtlich beruhigt, dass unsere Mutter nun ihren Bruder und Familie zur Seite hatte.

Nach der ersten Nacht in der Gertrudenstraße, einem tiefen Schlaf in Betten, was einem großen Geschenk gleichkam, machten wir uns auf den Weg zur Tante Grete in die Arme-Sünder-Straße. Hier hatte sie mit ihrer Ursel ein Zimmer in einem ganz alten Haus gefunden. Beim Eintritt bückten wir Kinder uns solidarisch mit den Erwachsenen, so niedrig waren die Decken. Es war jedoch warm und gemütlich und was stand auf dem Tisch zur Begrüßung?

Ein Teller mit Rosinenschnecken, sie ähnelten denen vom Brotwagen in Lipniken und schmeckten köstlich. Tante Grete, schon immer ein Naturtalent im Organisieren, hatte sogar schon Bohnenkaffee ergattert. Ich denke, meiner Mutter hätte schon allein der Duft dieses Kaffees nach den schrecklichen Tagen genügt.

Vorerst war nun Güstrow unsere Zwischenstation.

Diese Stadt mit der Umgebung, viel Natur und vier Seen, im Frühling zu erleben, war sicher ein wenig Balsam für die zerrütteten Seelen der Flüchtlinge. Auch für uns. Wir spazierten in den Rosengarten, der auch zu dieser Zeit zum Aufenthalt an den Wegen entlang der Nebel einlud. Nicht weit von unserer Unterkunft lag der Wallgraben, rechts und links davon viele Bänke zum Ausruhen, die wir aufgrund der vielen Freizeit bald alle kannten. Auch die Wanderungen zum Sumpf- oder Inselsee entlang des Birkenweges in der erwachenden Natur waren ein Erlebnis und füllten die Stunden des Tages aus.

Mit Tante Grete traf man sich oft, unsere Cousine Ursel mit ihren 17 Jahren hatte durch Vermittlung ihres Vaters eine Schreibtätigkeit im Lazarett gefunden. Ab und zu sahen wir auch Onkel Otto, der die politische Lage kannte, meiner Mutter erläuterte, dass der Krieg bald ein Ende finden würde. Er machte ihr klar, dass ein Weitertransport der Verwundeten schon in Planung sei und dass er die Möglichkeit habe, seine Familie und uns gen Westen mitzunehmen. Sie müsse nur dafür sorgen, jederzeit für einen schnellen Aufbruch bereit zu sein.

So erlebten wir die zwei Monate in Güstrow wie einen Aufenthalt während einer langen Zugreise. Die wenigen Habseligkeiten wurden gar nicht aus dem Koffer genommen. Gefrühstückt wurde an dem kleinen Tisch unseres Raumes, einer von uns immer auf dem Bett sitzend, da der nötige Platz am Tisch fehlte. Meine Mutter, immer rücksichtsvoll, nie fordernd, begab sich stets sehr früh in die Küche, um das Frühstück, vor allem heißen Tee, der dann in die Thermosflasche kam, zuzubereiten. Sie wollte nie stören, war dankbar dafür, dass wir bis dahin alles recht gut überstanden hatten. Sie machte uns dort schon klar, dass die Mecklenburger auch mit starken Einschränkungen zu leben hätten, dass wir Gäste wären und uns bitte auch so benehmen sollten.

So lief auch das morgendliche Frischmachen im Bad nach einem Plan ab, es kam nie zu Unstimmigkeiten zwischen der Vermieterin und meiner Mutter. Sicher war die Enge des Zusammenlebens auch durch die viele Zeit, die wir aufgrund der schönen Tage im März - es gab auch wenig typische Apriltage in diesem Jahr 1945 - draußen verbringen konnten, erträglicher.

Zum Glück verfügte meine Mutter über ein Sparbuch, welches geplündert wurde. Sie hatte von einem Mittagstisch ganz in der Nähe gehört, eine ideale Lösung für Tante Grete und uns. Diesen Service hatte eine Privatfrau, die über viele Reserven in ihrer Speisekammer verfügte und außerdem in einem größeren Raum ihres Hauses einen Tisch für etwa 20 Personen unterbringen konnte, vor allem für Flüchtlinge eingerichtet.

Das Essen war sehr schmackhaft, nur die als Vorspeise oft gereichte Brotsuppe mit Rosinen ist mir in schlechter Erinnerung. Eine Verweigerung dieser Suppe war für meine Mutter undenkbar, so weit ging die Liebe zu ihren Kindern nicht. Im Gegenteil, ihre Worte auf dem Weg zum Mittagstisch, besonders an mich gerichtet, lauteten: »Liebe Hannelore, es wird gegessen, was auf den Tisch kommt. Fülle dir nur so viel auf den Teller, was du zu essen vermagst, du weißt doch, was sich gehört.«

Das wusste ich zwar noch nicht und wollte es in diesen turbulenten Tagen auch nicht wissen, aber ich gehorchte. Vor allen Dingen deshalb, weil meine kleine Schwester Reni einem derartigen Druck nicht ausgesetzt wurde. Auf ihre Wünsche ging man ein, zumal sie aufgrund ihrer gerade überstandenen Krankheit auch an Gewicht etwas aufzuholen hatte. Das befriedigte mich und ließ mich die Brotsuppe hinunterschlingen.

Auch wenn es den Anschein hat, dass die in Güstrow verbrachten Tage ohne Angst und Schrecken abliefen, so bezieht sich dieses aus meiner Sicht und aus der Tatsache, dass es hier nur einen kleinen Tieffliegerangriff in der Nähe gab. Die Erwachsenen fürchteten sich vor dem Einmarsch der Russen, erfuhr man doch von den Verschleppungen der Zivilbevölkerung in den vielen Gebieten Ostdeutschlands.

In den Monaten Januar bis April 1945 wurden dort mindestens 220.000 Menschen zum Teil in Bahntransporten nach Russland und Sibirien gebracht, etwa die Hälfte von ihnen kam in Sammellagern, auf dem Transport oder unter dem Übermaß der Arbeit bei ungenügender Verpflegung um. Diese Zahl ist nur eine Schätzung, es sind sicher viel mehr gewesen.

6. bis 9. Mai 1945 in Güstrow

An diesem Tage hörten wir von unserem Onkel Otto, dass die Umbettungen der Verwundeten aus dem Lazarett in die bereitstehenden Züge fast abgeschlossen wäre und wir in der folgenden Nacht mit dem Aufbruch rechnen müssten.

In voller Kleidung legten wir uns auf die Betten, bis wir wie verabredet durch die an die Fensterscheiben geworfenen Steine wach wurden. Auch meine Mutter muss eingenickt sein. Bei ihrem plötzlichen Erwachen nahm sie mit Entsetzen einen starken Gasgeruch wahr. Sie öffnete in Panik unser Fenster, machte unsere Vermieterin wach. Diese ging sofort in die Küche, um den Haupthahn zu schließen, und gemeinsam öffnete man alle Fenster der Wohnung. Man war wie benebelt. Die Ursache war die, dass aufgrund der vorangegangenen Sperrung der Gaszufuhr der Stadtwerke der Haupthahn nicht abgedreht worden war und somit ungehindert das Gas aus dem Kochherd strömte, als die Zufuhr des Gases wieder in Betrieb genommen wurde.

In aller Eile wurde sich verabschiedet, und gemeinsam mit Tante Grete und Ursel bewegten wir uns Richtung Bahnhof. Erst als wir in unserem Abteil alle Platz genommen hatten, wurde uns bewusst, welch schrecklichem Schicksal wir gerade entgangen waren. Hatte da wieder der Schutzengel seine Hand im Spiel gehabt?

Wir konnten ja auch nicht ahnen, was jetzt auf uns zukommen sollte. Ich denke, alle Menschen in den elf Zügen mit Verwundeten, Angehörigen, Ärzten, Krankenschwestern und uns hatten die Hoffnung, den Westen zu erreichen.

Wieder ging es nur schrittweise voran. Die zurückgelegte Strecke bis Bad-Kleinen, kurz vor Schwerin gelegen, beträgt etwa 70 Kilometer. Wir waren froh, als unser Zug diesen Bahnhof verließ, noch eine kurze Strecke zurücklegte und dann auf freiem Feld kurz vor Schwerin am späten Nachmittag endgültig zum Stillstand kam. Dann verbreitete sich die Schreckensmeldung, unsere Lokomotive sei von den Russen eingenommen worden, es gäbe keine Weiterfahrt mehr.

Meine Mutter, die bisher alle Dinge in Ruhe geregelt, aber auch von den Untaten der russischen Soldaten genug gehört hatte, versuchte als Erstes gemeinsam mit ihrer Schwägerin Sigrid und Ursel mit Kopftüchern und Kleidungsstücken, die schnell aus dem Koffer geholt wurden, zu verkleiden, um das wirkliche Alter unsichtbar zu machen. Ihren Ehering zog sie vom Finger und ließ ihn durch die Ritze der Sitzbank fallen, sie hatte von Abschneiden der Finger gehört, wenn diese Barbaren nicht schnell genug an das Gold kämen. Mitbekommen hatte man auch, dass Uhren besonders beliebt waren, so wurde der ganze Bestand schon zurechtgelegt. Vor Kleinkindern machten die Russen halt, wusste man. Meine

Mutter nahm Reni auf den Schoß und ich befand mich in Tante Gretes Obhut. So wartete man unter einer unerträglichen Anspannung auf die Dinge, die da kamen, und die sollten so schlimm werden, dass sie mich heute noch beschäftigen.

Als Erstes bekamen wir vom Fenster aus mit, dass alle männlichen Personen im Zug, die noch stehen konnten, darunter auch unser Onkel Otto, zusammengetrieben und gefangen genommen wurden. Dann hörte man viele Schreie der im Zug anwesenden Krankenschwestern, sie wurden zum Freiwild der Besatzer. Ich erinnere mich, dass eine Krankenschwester völlig verstört in unser Abteil kam und mich auf ihren Schoß riss, um vor weiteren Übergriffen verschont zu bleiben.

Inzwischen war es draußen schummerig geworden, gespenstisch sah der an beiden Seiten liegende Wald aus. In der beginnenden Dunkelheit sah man immer wieder Menschen dorthin laufen, später erfuhr man, sie hatten sich erhängt. Auch die Tür zu unserem Abteil wurde des Öfteren zur Seite geschoben, und ich sah die Russen in Uniform ganz nah vor meinen Augen. Wurde ich doch jedes Mal von Tante Grete, die etwas polnisch-russisch sprach, ihnen vorgeführt mit meinem dicken Gesicht und Hals, da ich auf dieser Fahrt an Mumps erkrankt war. Tante Grete wusste, dass die Russen panische Angst vor ansteckenden Krankheiten hatten.

Fünf Uhren wurden auch geopfert, aber man blieb von Schlimmerem verschont. Die in diesem Zug verbrachte Nacht kann man nicht vergessen, auch das Geräusch der Stiefeltritte auf dem am Bahndamm liegenden Schotter behält man im Ohr, ganz zu schweigen von den Schreien der vergewaltigten Frauen. Später haben wir in Gesprächen versucht, das Erlebte zu verarbeiten. Wir waren dann der Meinung, meine ausgebrochene Kinderkrankheit war wieder ein Hinweis auf unseren Schutzengel, der immer bei uns war.

So kletterten wir im ersten Morgengrauen aus dem Zug und wussten nicht, was jetzt geschehen sollte. Eins war klar, wir mussten nach Güstrow zurück. Es schien auch so, als ob die russischen Soldaten jetzt unter Kontrolle wären.

Reni, wohl völlig übermüdet, schrie auf dem Arm meiner Mutter, sie war nicht zu beruhigen, was einen russischen Offizier veranlasste, nach dem Grund zu fragen. Tante Grete versuchte ihm etwas dazu zu erläutern, worauf er sie bat, mitzukommen. Tatkräftig wie sie war, verschwand sie mit ihm zu einem nahe gelegenen Bauernhof und erschien kurze Zeit darauf mit einem Leiterwagen und zwei Pferden, der von diesem Offizier auch noch zu uns kutschiert wurde. Unfassbar! Meine Mutter überreichte ihm als Dank ein Paar Lederhandschuhe, ich weiß nicht, wo sie diese hergezaubert hatte.

Der Wagen wurde also mit dem, was wir noch hatten, beladen. Ein schmaler Mann mit zwei Töchtern, etwas älter als meine Cousine, stand plötzlich vor uns und bat darum, dass er sich anschließen dürfe, zumal er Güstrower war. Meine Tante stimmte direkt zu, sicher in der Hoffnung, dass er etwas vom Umgang mit Pferden verstünde und den Wagen führen könne. Dem war nicht so, er war Apotheker, hatte in seinem Leben noch nie ein Pferd gestreichelt.

Wie gut, dass wir Tante Grete hatten. Sie brachte es nach anfänglichen Schwierigkeiten fertig, dass wir mit unserem Fahrzeug die Straße erreichten. Die vier jungen Frauen wurden vermummt mit mir und Reni auf dem Wagen zwischen den Gepäckstücken verstaut, Tante Grete übernahm die Zügel, meine Mutter und der ältere Herr folgten zu Fuß.

Wie weit wir vorangekommen waren, hat sicher keiner registriert. Vor allen Dingen mussten wir vor Einbrechen der Nacht eine Unterkunft finden für uns und Futter und Wasser für die Tiere. Im ersten Gehöft, was wir ansteuerten, begrüßte uns eine zu dieser Zeit alleinstehende Frau, die unserer Bitte gerne nachkam. Sicher war sie froh, diese Nacht nicht alleine in ihrem Bauernhaus verbringen zu müssen.

Nachdem die Tiere versorgt waren, hielten es meine Mutter und Tante Grete für sinnvoll, meine Schwester Sigrid sowie Ursel jeweils in einen Teppich zu rollen, nur der Kopf blieb ein wenig frei, und unter den Wohnzimmerschrank zu schieben. Reni und ich wurden davorgesetzt, um das Ganze noch abzusichern.

Kaum war das geschehen, stand in der Eingangstür zum Wohnzimmer ein Russe mit einer Pistole in der Hand, sein breitbeiniger Stand und die Gestik deuteten darauf hin, dass er betrunken war. Ich sah nur noch, wie meine Mutter, sonst absolut unsportlich, durch die Beine dieses fremden Menschen kroch und verschwand. Tante Grete sprach etwas auf Russisch zu ihm, er nahm von ihr jedoch keine Notiz, schnappte sich eine Tochter des Apothekers, der ihm noch folgte und mit dem Pistolenknauf zusammengeschlagen wurde.

Im Schlafzimmer hörte ich die Schreie dieser jungen Frau. Nach einer Weile musste auch die Schwester mit ihm das Schlafzimmer aufsuchen, die völlig verängstigt alles über sich ergehen ließ. Mit meinen fast acht Jahren ahnte ich, dass etwas ganz Fürchterliches passiert sein musste. Es war wie ein Spuk, der gar nicht lange gedauert haben muss, als dieser Kerl wieder ins Zimmer torkelte, wiederzukommen versprach und verschwand.

Unter allergrößter Anspannung mussten wir die restlichen Stunden bis zum Morgengrauen in diesem Haus verweilen. Dann ging alles sehr schnell. Die Pferde wurden angespannt. Meine Mutter, die fast die ganze Nacht im Schweinetrog zwischen dem Borstenvieh verbracht hatte, verstaute gemeinsam mit Sigrid und Ursel alle Gepäckstücke auf dem Wagen.

Der Apotheker und seine Töchter ließen alles schweigend über sich ergehen. Sie wurden jetzt gemeinsam mit mir und meiner kleinen Schwester auf den Wagen gesetzt. Tante Grete übernahm wieder die Führung des Pferdewagens, meine Mutter, Sigrid und Ursel gingen zu Fuß. Mir ist noch in Erinnerung, dass überhaupt nicht gesprochen wurde während dieser Fahrt. Man wollte nur vorankommen.

Alles klappte bis zu dem Punkt reibungslos, bis meine Tante der Meinung war, die Tiere müssten unbedingt etwas saufen. In einem Bauernhaus anwesende Polen zeigten sich überaus freundlich auf die Bitte meiner Tante, spannten die Tiere aus und verschwanden mit ihnen. Zurück bekamen wir zwei alte Ackergäule, wovon ein Tier kurz vor Güstrow verendete. Wir mussten den Wagen dort stehen lassen, nahmen mit, was wir tragen konnten, und erreichten Güstrow am Nachmittag des 8. Mai 1945, dem Tag der Kapitulation.

Wir suchten unsere Bleibe in der Gertrudenstraße wieder auf, wurden dort von Frau Mösel mit offenen Armen wieder empfangen. Keiner war in diesen ersten Tagen nach dem Krieg gerne alleine.

Tante Grete und Ursel verzogen sich in die Arme-Sünder-Straße. Wo der Apotheker mit seinen Töchtern verblieben ist, weiß ich nicht mehr. Später hörten wir, der alte Herr sei kurz darauf verstorben.

Am 9. Mai 1945, meinem achten Geburtstag, bekam ich von Frau Mösel eine Porzellanpuppe mit einem grünen Samtkleid aus ihrem Fundus geschenkt, die ich auf den Namen Kunigunde taufte. Meine Mutter war an diesem Tage nicht richtig ansprechbar, sie bekam hohes Fieber. Wie sich später herausstellte, hatte sie sich bei ihrem unfreiwilligen Aufenthalt im Schweinetrog eine Lungenentzündung eingehandelt.

Den Neuanfang meiner Mutter in Güstrow/Mecklenburg halte ich in einem zweiten Teil ihres Lebenslaufes fest.